조선총독부 제1기
『초등학교 일본어독본』 1
1학년(1~2권)

김순전 · 박장경 · 김현석 · 정승운

譯

제이앤씨
Publishing Company

普通學校國語讀本

朝鮮總督府編纂

조선총독부 제1기
『초등학교 일본어독본』1
1학년(1~2권)

≪충 목 차≫

- 서 문 ··· 19
- 범 례 ··· 47

권1(1학년 1학기, 1915)

제1과 ··· 57
제2과 ··· 58
제3과 ··· 59
제4과 ··· 61
제5과 ··· 63
제6과 ··· 65
제7과 ··· 67
제8과 ··· 69
제9과 ··· 70
제10과 ··· 72
제11과 ··· 74
제12과 ··· 76
제13과 ··· 78
제14과 ··· 80
제15과 ··· 82
제16과 ··· 85
제17과 ··· 86
제18과 ··· 87
제19과 ··· 89
제20과 ··· 90
제21과 ··· 91

제22과 ·· 92

제23과 ·· 95

제24과 ·· 96

제25과 ·· 98

제26과 ·· 100

제27과 ·· 101

제28과 ·· 102

제29과 ·· 103

제30과 ·· 104

제31과 ·· 105

제32과 ·· 106

제33과 ·· 107

제34과 ·· 108

제35과 ·· 110

제36과 ·· 112

제37과 ·· 114

제38과 ·· 116

제39과 ·· 118

제40과 ·· 120

제41과 ·· 122

제42과 ·· 124

제43과 ·· 126

제44과 ·· 128

제45과 ·· 130

제46과 ·· 132

제47과 ·· 134

부　록 ·· 137

권2(1학년 2학기, 1915)

1. 아침 ···················· 149
2. 아침인사 ················ 152
3. 밤 줍기 ················· 155
4. 달 ····················· 158
5. 닭 ····················· 161
6. 나뭇잎 ·················· 164
7. 손님 ···················· 168
8. 순사 ···················· 171
9. 사방 ···················· 175
10. 친절한 어린이 ··········· 178
11. 오전과 오후 ············· 181
12. 거리 ··················· 184
13. 복동이네 집 ············· 187
14. 눈 ···················· 191
15. 눈사람 ················· 194
16. 강아지 ················· 197
17. 형과 동생 ·············· 200
18. 신년 ··················· 203
19. 일장기 ················· 207
20. 천황폐하 ··············· 210
21. 어머니 ················· 213
22. 달 세는 법 ············· 216
23. 얼음 위 ················ 219
24. 돼지 ··················· 222
25. 수건 ··················· 225
26. 새는 몇 마리? ·········· 228
27. 연 ···················· 231
28. 그림책 ················· 235
29. 모모타로 (1) ··········· 238
30. 모모타로 (2) ··········· 241
31. 모모타로 (3) ··········· 245
   부 록 ·················· 249

권3(2학년 1학기, 1915)

제1. 나무 심기 …………………………………………………… 57
제2. 들놀이 ………………………………………………………… 61
제3. 매화꽃과 벚꽃 ……………………………………………… 65
제4. 꽃 피우는 할아버지 (1) ………………………………… 69
제5. 꽃 피우는 할아버지 (2) ………………………………… 73
제6. 꽃 피우는 할아버지 (3) ………………………………… 77
제7. 가타카나와 히라가나 …………………………………… 82
제8. 잉어 …………………………………………………………… 87
제9. 날짜 세는 법 ……………………………………………… 91
제10. 대나무 ……………………………………………………… 96
제11. 자 …………………………………………………………… 99
제12. 여름 ………………………………………………………… 104
제13. 개똥벌레 …………………………………………………… 107
제14. 망아지 ……………………………………………………… 111
제15. 모심기 ……………………………………………………… 114
제16. 산 위의 경치 ……………………………………………… 118
제17. 지도 보는 법 ……………………………………………… 122
제18. 수영 ………………………………………………………… 125
제19. 대일본제국 ………………………………………………… 129
제20. 메이지천황 ………………………………………………… 133
제21. 오하나 ……………………………………………………… 136
제22. 천장절 ……………………………………………………… 139
제23. 관청 (1) …………………………………………………… 142
제24. 관청 (2) …………………………………………………… 145
제25. 시계 ………………………………………………………… 148
제26. 시계 노래 ………………………………………………… 153
제27. 새벽 장 …………………………………………………… 156
제28. 뻔뻔한 놈 ………………………………………………… 159
제29. 정거장 ……………………………………………………… 163
제30. 기차 여행 ………………………………………………… 167
부 록 …………………………………………………………… 170

권4(2학년 2학기, 1914)

제1과 국화 ······ 183
제2과 버섯 ······ 186
제3과 응대 ······ 191
제4과 바느질 ······ 195
제5과 까마귀와 공작 ······ 200
제6과 곡물 ······ 204
제7과 황대신궁 ······ 208
제8과 되 ······ 212
제9과 짚 ······ 215
제10과 개미와 매미 ······ 218
제11과 정동이의 저금 ······ 222
제12과 대청소 ······ 227
제13과 기미가요 ······ 231
제14과 스사노오노미코토 ······ 235
제15과 후지산 ······ 239
제16과 조선 ······ 243
제17과 기선 ······ 247
제18과 진무천황 ······ 250
제19과 10전짜리 은화 이야기 ······ 255
제20과 장사 놀이 ······ 260
제21과 수수께끼 ······ 265
제22과 알에서 태어난 왕 ······ 268
제23과 호랑이와 고양이 ······ 272
제24과 하테비 ······ 277
제25과 속담 ······ 282
제26과 여행길 ······ 285
제27과 집 보기 ······ 291
제28과 1년 ······ 295
　부　록 ······ 299

권5(3학년 1학기, 1914)

제1과　새학년 ·· 57
제2과　봄이 왔다 ·· 61
제3과　조선의 지세(地勢) ································· 63
제4과　야마토타케루노미코토(日本武尊) ············ 68
제5과　종달새 ··· 73
제6과　차와 뽕 ··· 78
제7과　생물과 무생물 ······································ 83
제8과　소녀의 대답 ··· 87
제9과　옷감 ··· 92
제10과　도로공사 ·· 96
제11과　오진천황(應神天皇) ···························· 100
제12과　박쥐 ·· 103
제13과　비와호(琵琶湖) ··································· 107
제14과　바느질과 세탁 ····································· 111
제15과　저울 ·· 114
제16과　코끼리의 무게를 잰 어린이 ················· 118
제17과　오이꽃 ··· 123
제18과　도쿄(東京) ··· 127
제19과　엽서 ·· 133
제20과　다이쇼(大正)천황폐하 ························· 138
제21과　효자 만키치(萬吉) ······························ 141
제22과　나팔꽃 ··· 147
제23과　닌토쿠천황(仁德天皇) ························· 151
제24과　물과 불 ··· 156
제25과　숯과 기름 ·· 161
제26과　시오바라 다스케(鹽原多助) ················· 165
제27과　경성(京城) ··· 169
제28과　재판소 ··· 174
　부　록(1) ··· 179
　부　록(2) ··· 184

권6(3학년 2학기, 1914)

제1과 닛코(日光) ·· 201
제2과 벼베기 ··· 207
제3과 메이지천황(明治天皇) ································ 211
제4과 국화 ··· 216
제5과 조선지리 문답 ··· 218
제6과 기러기 ··· 225
제7과 고구마 ··· 228
제8과 고구마를 보내는 편지 ································· 233
제9과 혼슈(本州)와 시코쿠(四國) ························ 236
제10과 오사카에서 온 편지 ··································· 241
제11과 사람의 몸 (1) ··· 246
제12과 사람의 몸 (2) ··· 249
제13과 음식 ··· 253
제14과 위와 신체 ·· 257
제15과 연하장 ··· 262
제16과 교토 구경 이야기 ······································ 266
제17과 배려 ··· 273
제18과 규슈와 대만 ··· 275
제19과 홋카이도와 사할린 ···································· 280
제20과 이웃 나라 ·· 284
제21과 청일전쟁 (1) ·· 289
제22과 청일전쟁 (2) ·· 293
제23과 도시와 시골 ··· 296
제24과 사람의 직업 ··· 303
제25과 재주 겨루기 ··· 308
제26과 이노우에 덴(井上でん) ······························ 314
제27과 러일전쟁 (1) ·· 319
제28과 러일전쟁 (2) ·· 324
제29과 조선총독부 ·· 327
　부　록(1) ··· 331
　부　록(2) ··· 340

권7(4학년 1학기, 1915)

제1과 우리나라의 경치 (1) ································· 57
제2과 우리나라의 경치 (2) ································· 62
제3과 우리나라의 경치 (3) ································· 66
제4과 일본 ······································· 71
제5과 우리나라의 산물(産物) (1) ························· 74
제6과 우리나라의 산물 (2) ····························· 78
제7과 도자기와 칠기 ································· 83
제8과 무늬와 색 ··································· 89
제9과 나라(奈良) 대불(大佛)과 은진(恩津) 미륵불 ············· 94
제10과 출발 날짜를 문의하는 편지 ······················ 100
제11과 회사와 은행 ································· 103
제12과 환(換) ····································· 107
제13과 조합 ······································· 111
제14과 병(病) ····································· 115
제15과 간병 ······································· 120
제16과 병문안 편지 ································· 124
제17과 윤회(尹淮), 거위를 불쌍히 여기다 ·················· 127
제18과 가나(假名) 표기법 ····························· 131
제19과 영리한 어린이 ······························· 134
제20과 책상 이야기 ································· 137
제21과 곰(熊) ····································· 141
제22과 전화 ······································· 144
제23과 전보 ······································· 148
제24과 끊임없이 노력하며 ····························· 160
제25과 소금과 설탕 ································· 162
제26과 삼림(森林) ································· 169
제27과 재목 ······································· 172
제28과 집 ··· 175
제29과 지방행정 ··································· 178
  부 록 ··· 182
    1. 한자 독음 ··································· 182
    2. 어구 해석 ··································· 189

　3. 가나표기법 요람 ·········· 194
　4. 지방청 관할 국명 일람 ·········· 197
　5. 우리나라 행정구획도 ·········· 200

권8(4학년 2학기, 1915)

제1과　황실 ·········· 213
제2과　와카(和歌) ·········· 217
제3과　아마노히보코(天日槍) ·········· 220
제4과　문자의 음(音)과 훈(訓) ·········· 224
제5과　한문 훈독 (1) ·········· 227
제6과　한문 훈독 (2) ·········· 231
제7과　세계 (1) ·········· 235
제8과　세계 (2) ·········· 242
제9과　세계 (3) ·········· 247
제10과　집오리의 자기 자랑 ·········· 252
제11과　동물의 몸 색깔 ·········· 258
제12과　책을 빌리는 편지 ·········· 263
제13과　이나하시(稻橋) 마을의 미풍(美風) ·········· 268
제14과　지방금융조합 ·········· 275
제15과　확실한 보증 ·········· 279
제16과　일본해의 해전(海戰) ·········· 284
제17과　성냥 ·········· 292
제18과　분업과 공동 ·········· 297
제19과　도로(道路) ·········· 300
제20과　하나와 호키이치(塙保己一) ·········· 304
제21과　금강석(金剛石) ·········· 309
제22과　달력 ·········· 311
제23과　옛 스승께 보내는 편지 ·········· 314
제24과　일기(日記) ·········· 317
제25과　습득물 신고 ·········· 323
제26과　노동 ·········· 326
제27과　주문서(註文書) ·········· 330

제28과 공자와 맹자 ··· 333

제29과 스가와라노미치자네(菅原道眞) ····························· 339

제30과 대일본제국 (1) ··· 344

제31과 대일본제국 (2) ··· 347

　부　록 ··· 351

　　1. 신대(神代) 간략 계보 및 역대 천황표(表) ············· 351

　　2. 한자 독음 ·· 355

　　3. 어구 해석 ·· 361

조선총독부 제1기
『초등학교 일본어독본』1
1학년(1~2권)

序 文

1. 조선총독부 편찬 『普通學校國語讀本』의 번역 출판 의의

베네딕트 앤더슨은 '국민국가'란 절대적인 존재가 아니라 상대적인 것이며, '상상된 공동체'라고 했다. 그러한 공통체 안에서 국민국가는 그 상대성을 극복하기 위하여 학교와 군대, 공장, 종교, 문학 그 밖의 모든 제도와 다양한 기제들을 통해 사람들을 국민화 하였다. '근대국가'라는 담론 속에서 '국민'이란 요소는 이미 많은 사람들에 의해 연구되어져 왔고, 지금도 끊임없이 연구 중에 있다. 근대 국민국가의 이러한 국민화는 '국가'라는 장치를 통해 궁극적으로는 국가의 원리를 체현할 수 있는 개조된 국민을 이데올로기 교육을 통하여 만들어 내는 데 있다.

교과서는 무릇 국민교육의 정화(精華)라 할 수 있으며, 한 나라의 역사진행과 불가분의 관계를 가지고 있다. 따라서 교과서를 통하여 진리탐구는 물론, 사회의 변천 또는 당시의 문명과 문화 정도를 파악할 수 있음은 물론, 무엇보다 중요한 한시대의 역사 인식 즉, 당시 기성세대는 어떤 방향으로 국민을 이끌어 가려 했고, 그 교육을 받은 세대(世代)는 어떠한 비전을 가지고 새 역사를 만들어가려 하였는지도 판독할 수 있다. 이렇듯 한시대의 교과서는 후세들의 세태판독과 미래창조의

설계를 위한 자료적 측면에서도 매우 중요하다 생각된다.

이에 일제식민지 초기 조선의 초등학교에서 사용되었던 朝鮮總督府
編纂 『普通學校國語讀本』(1912~1915)을 『초등학교 일본어독본』으로
번역, 출판하는 일은 한국근대사 및 일제강점기 연구에 크게 기여할 수
있는 필수적 사항이다. 이는 그동안 사장되었던 미개발 자료의 일부를
발굴하여 체계적으로 정리해 놓는 일의 출발로서 큰 의의가 있으며, 한
국학(韓國學)을 연구하는데 필요한 자료를 제공함은 물론, 나아가서는
1907년부터 1945년 8월까지 한국에서의 일본어 교육과정을 알 수 있는
자료적 의미도 상당하다고 할 수 있다. 특히 1960년대부터 시작된 한국
의 일본학 연구는 1990년경에 연구자들에 회자되었던 '한국에서 일본
연구의 새로운 지평열기'에 대한 하나의 방향 및 대안 제시로 볼 수도
있을 것이다.

오늘날 한국에서는 독도의 영유권을 비롯한 일제청산에 아직도 해
결되지 않은 문제들이 남아 있다. 또한 우리에게는 일본의 과거지향적
인 신보수주의와 국수주의적인 움직임에 대해 파악해야 한다는 과제를
안고 있다. 일본의 끊임없는 과거사로의 회귀적 발언과 망언, 그리고
한국에서 일본 신보수주의자들과 의견을 같이하는 일부 인사들의 발언
에는 일제강점기 식민지 동화교육의 핵심이라 할 수 있는 일본어 교육
과 아주 밀접하게 관련되어 있다.

따라서 『普通學校國語讀本』을 『초등학교 일본어독본』으로 번역 출
판하는 일은, '國語' 이데올로기에 의한 식민지 초기의 國語(일본어) 교
과서에 대한 재조명이 될 것이며, 이 시대를 사는 우리들이 과거 긴박했
던 세계정세의 흐름을 통하여 오늘날 급변하는 세계에 대처해 나갈 능력
을 키울 것이다. 아울러 이를 기반으로 당시 한국 근대화 과정의 요소요
소에 스며들어 있는 일본문화의 여러 양상을 중층적 입체적 구체적으로

파악하고, 새로운 시점에서 보다 나은 시각으로 당시의 모든 문화와 역사, 나아가 역사관을 구명할 수 있는 기초자료로 활용되기를 기대한다.

2. 근대 조선의 일본어 교육

1) 일본의 '國語' 이데올로기

'Ideology'란 용어는 Idea와 Logic의 합성어로서 창의와 논리의 뜻을 담고 있다. Engels와 Marx의 이념 정의를 요약하면, "자연, 세계, 사회 및 역사에 대해 가치를 부여하고 그 가치성을 긍정적, 부정적으로 평가하는 동의자와 일체감을 형성하여 그 가치성을 행동으로 성취하는 행위"[1]라는 것이다. 따라서 Ideology란 '개인의 의식 속에 내재해 있으면서도 개인의식과는 달리 개인이 소속한 집단, 사회, 계급, 민족이 공유하고 있는 <공동의식>, 즉 <사회의식>과 같은 것'이라 할 수 있다.

근대에 들어와서 국가는 소속감과 공통문화에 대한 연대의식과 정치적 애국심을 바탕으로 강력한 국민국가의 형태로 나타나게 되었고, 외세의 침입으로부터 국가를 보호하기 위해 국민을 계몽하고 힘을 단합시키데 국가적 힘을 결집하게 된다. 그리하여 국가가 필요로 하는 국민을 만들기 위해 공교육제도를 수립하고, 교육에 대한 통제를 강화하여 교육을 국가적 기능으로서 편입시키게 된다.

국가주의는 국민(nation)의 주체로서 구성원 개개인의 감정, 의식, 운동, 정책, 문화의 동질성을 기본으로 하여 성립된 근대국민국가라는 특징을 갖고 있다. 국가주의의 가장 핵심적인 요소는 인종, 국가, 민족, 영

---

1) 高範瑞 외 2인(1989), 『現代이데올로기總論』, 학문사, pp.11~18 참조

토 등의 객관적인 것이라고 하지만 公用語와 문화의 동질성에서 비롯된 같은 부류의 존재라는 '우리 의식'(we~feeling) 내지 '自覺'을 더욱 중요한 요인으로 보는 것이 일반적이다. 여기에서 더 나아가 '우리 의식'과 같은 국민의식은 국가를 위한 운동, 국가 전통, 국가 이익, 국가 안전, 국가에 대한 사명감(使命感) 등을 중시한다. 이러한 국민의식을 역사와 문화 교육을 통하여 육성시켜 강력한 국가를 건설한 예가 바로 독일이다. 근대 국민국가의 어떠한 특정한 주의, 예를 들면 독일의 나치즘(Nazism), 이탈리아의 파시즘(Fascim), 일본의 쇼비니즘(Chauvinism)은 맹목적인 애국주의와 국수주의적인 문화, 민족의식을 강조하고, 이러한 의식을 활용하여 제국적인 침략주의로 전락하고 있는 것도 또 하나의 특징이다.

메이지 유신 이후 주목할 만한 변화를 보면, 정치적으로는 <國民皆兵制>(1889)가 실시되고, <皇室典範>(1889)이 공포되어 황실숭상을 의무화하는가 하면, <大日本帝國憲法>(1889)이 반포되어 제국주의의 기초를 마련한다. 교육적으로는 근대 교육제도(學制, 1872)가 제정 공포되고, <敎育勅語>(1890)와 「기미가요(君が代)」(1893) 등을 제정하여 제정일치의 초국가주의 교육체제를 확립해 나간다.[2]

일본어의 口語에 의해, 우에다 가즈토시(上田萬年)가 주장했던 '母語 = 國語' 이데올로기는 보다 구체화되었다. 그러나 그 중핵은 학습에 의해서만 습득할 수 있는 극히 인위적인 언어였음에도 불구하고 근대 일본의 여러 제도(교육, 법률, 미디어 등)는, 이 口語에 의해 유지되어, 母語 = 國語 이데올로기로 확대 재생산되기에 이르러, 오늘날에도 일본어 = 국어는 일본인에 있어서 대단히 자명한 사실인 것처럼 받아들

---

2) 黃惠淑(2000), 「日本社會科敎育의 理念變遷硏究」, 韓國敎員大學校 大學院 博士學位論文, p.1

여지고 있다.

일본은 국가신도(國家神道)를 통하여 일본인과 조선인에게 천황신성사상의 이데올로기를 심어주려 하였다. 만세일계의 황통이니, 팔굉일우(八紘一宇)니, 국체명징(國體明徵)이니, 기미가요(君が代) 등으로 표현되는 천황에 대한 충성심, 희생정신이 일본국가주의의 중심사상으로 자리잡게 된 것이다. 즉, '명령과 절대복종'식의 도덕성과 충군애국사상을, 교육을 통해서 심어주고자 한 것이 '국가주의'에 의한 일본식 교육이었음을 알 수 있다.

2) 조선후기 교육제도의 변화와 일본어 교육

근대조선에 있어서 일본인에 의한 일본어 교육은 1891년 6월 경성에 개설된 日語學堂에서 시작된다. 교장 겸 교사로 부임한 오카쿠라 요시사부로(岡倉由三郎)[3]에 의한 이 日語學堂의 설립 목적은 한일교섭의 통역자를 양성하기 위한 것이었다. 이어서 청일전쟁 이후 인천에 官立 仁川港外國語學校, 경성에 日語學校, 부산에 開成學校 등이 세워지고, 1899년에는 平壤, 京城, 城津에 일본어 학교가 설립[4]되어 일본어교육은 점차 한국 땅에 뿌리내리게 된다.

---

3) 岡倉由三郎(1868~1936) 明治,大正,昭和期의 영어학자. 오카쿠라 덴싱의 동생. 1891년 조선정부로부터 초청받아 일본어학교를 창립. 1896년부터 1925년까지 東京高師 英語科主任 역임.

4) 이는 일제가 발행한 문서에 의한 것으로 다소 오류가 있다. "일제는 동학혁명을 좌절시키고 청일전쟁에서 성공한 후 조선에 친일적인 갑오개혁 정부를 세워 과거제를 폐지하고 새로운 소학교 교과서 편찬을 결의했다. 고종황제는 1896년 <교육입국조서>와 더불어 신학제를 시행하며 소학교를 설립했지만 이는 모두 일본의 세력을 배경으로 일본 교육칙어와 학제를 모방하여 교육의 기준을 정한 것이었다. 그리고 갑오개혁 정부가 의무교육의 실시를 결정한 것은 성급한 정책이었고 예산과 교원의 부족 그리고 교과목에 있어 한문과 習字의 교수는 서장과 다를 바 없었다"고 일제는 평가했다.(大藏省管理局編(2000), 『日本人の海外活動に關する歷史的調査』, 東京 : 紀伊國屋書房, pp.3~4 참고).

　갑오개혁 전후로 우리 민족의 근대교육에 대한 인식은 크게 변해 갔다. 정부에서도 격변하는 세계정세의 흐름에 따라 구교육으로 인한 '허명(虛名)'의 교육을 버리고 신교육에 의한 '실용(實用)'의 교육으로 나아갈 의지를 밝혔다. 이에 따라 부국강병을 위한 시무책 일환인 교육입국론(敎育立國論)이 점차 파급되면서, <교육입국조서(敎育立國詔書)>와 함께 <소학교령>, <사범학교령>, <실업학교령> 등 근대교육 시행을 위한 법령이 반포되었고, 이어 서울과 지방의 주요도시에 관공립소학교를 설립하는 등 근대교육 시행에 박차를 가하게 된다.

　초등교육의 제도적 기반은 1895년 7월 19일 <소학교령>과, 같은 해 8월의 <소학교규칙대강>을 공포함으로 당시 초등학교에 대한 구체적인 대강이 제시된다.

　<소학교령> 제1조에는 "소학교는 아동신체의 발달에 유의하여 국민교육의 기초와 그 생활상 필요한 보통지식과 지능을 授함을 本旨로 함" 이라는 교육목적을 제시하고 있어, 동양의 유교적 전통이념에 서구의 실용적 이념을 받아들여, '오륜(五倫) + 실용성 + 공공성 = 국민적 인재 양성'이라는 도식으로 나타난다. 이는 이전의 '소수 인재양성'에서 점차 '다수 인재양성'으로 교육시스템이 변화해 가는 것으로, 초등 기초 보통교육이 도입되는 과도기 양상으로 볼 수 있다.

　또한 소학교의 기초교육과정 시스템인 학제(學制)를 제정함으로서 의무교육의 틀을 마련한 지배층은 <소학교령> 제2조에 따라 소학교를 설립주체별로 정부설립의 관립, 부(府) 혹은 군(郡) 설립의 공립, 그리고 민간인 설립인 사립으로 나누었다.

　<소학교령>기 까지 日本語는 단순 외국어로 취급되다가, 통감부 설치 이후 독립된 교과로 선정되면서 시간도 국어(조선어), 산술과 함께

주당 6시간이 배정되어 <보통학교령> 하에서 주요교과로 부상하게 된다. 이에 따라 학부에서는 『普通學校學徒用日語讀本』을 편찬, 발팽하여 관공립초등학교용 교과서로 시용하게 되었다.

1907년 학부에서 출판한 『普通學校學徒用日語讀本』은 내용 전체가 모두 일본어로 되어 있다. 삽화를 넣어 학습자의 홍미를 이끌고자 하였고, 외국어로서 일어를 일본의 문화와 함께 쉽고 빠르고 정확하게 습득할 수 있도록 생활에서 흔히 사용되는 단어, 절, 문장으로 이야기를 꾸며 한 단원을 전개하였다. 편제는 일상생활, 자연과학, 새로운 문명, 날씨 등의 다양한 주제로, 이야기를 통한 바른 어법의 연습이 이루어질 수 있도록 세심하게 난이도를 고려하여 문장이 구성되어 있다.

이 밖의 일본어 교과서로는 『대속성 3개월 일어독습서』(육종면, 1909)와 『독습일어정칙』(정운복, 1909)이 있었다. 이 책은 모두 일본어를 외국어로서 접근하지 않고 우리말에 단어를 대응시키면 일본어 문장이 될 수 있다는 전제 하에 1과부터 마지막 과까지 같은 난이도로 다양한 문장을 제시하고 있다. 다루는 주제 역시 정치, 법률, 학교, 산업, 지리 등 인문사회 전반에 걸친 다양하게 구성되어 있어 초급자를 위한 교재이기는 하지만, 교과과정에서 다룰만한 체계적인 교과서로 보기는 어렵다.

3) 統監府시대 學部의 교육법령

한국에서는 갑오경장(1894)에 이어 1895년 1월의 <홍범14조>를 기반으로 하여, 같은 해 2월 2일 발포한 고종의 <교육입국조서>에 덕육(德育) → 체육(體育) → 지육(智育)의 전인적 발달을 도모하는 교육의 필요성을 강조한 이후, 최초의 사범학교인 '한성사범학교'가 설립됨으로 신교육을 위한 교사양성을 시도한다.

그러나 <을사늑약> 이후 한국의 교육은 일본인의 간섭과 의도에 의해 편성되었다. 이에 따라 한성사범학교에서 배출된 한국인 교사는 신교육에 대한 학식과 경험이 부족하고 '新學制'에 맞지 않다는 표면적인 이유를 내세워 일본인 교사를 파견, 임용함으로 한국교육은 사실상 일본인의 통제 아래 놓이게 된다.

한국의 근대교육에서 새로운 학제에 의해 편찬된 교과서 중,『新訂尋常小學』(권1∼권3)은, 1896년 대한제국의 學部에서 고용한 일본인 보좌관 다카미 히사시(高見龜)와 아사카와 마쓰지로(麻川松次郎)의 기획에 의해 편찬된 『朝鮮語讀本』이다.

1905년 교과서 편찬위원회를 설치한 학부는 먼저 보통학교 교과서 편찬작업에 착수, 1906년에 보통학교용 교과서 일부를 만들어 보통학교의 개교와 더불어 이를 사용하려 하였다. <교과용도서검정규정>(敎科用圖書檢定規程)을 제정하여 학생용과 교사용의 교과용 도서는 우선적으로 학부에서 편찬한 것으로 하였다.

1906년 2월에 통감부(統監府)가 설치되고 <보통학교령>이 발포됨에 따라 조선에 대한 일제의 교육정책은 더욱 박차를 가하게 된다. 초대 총감 이토 히로부미(伊藤博文)는, 교과서 편찬 지연 및 행정력의 무능력을 물어 동년 6월 시데하라 다이라(幣原坦)를 해임하고, 미쓰치 주조(三土忠造)를 학정참여관으로 임명(囑託)하여 교과서 편찬을 단행하였다.5) 그리고 관료 출신인 다와라 마고이치(俵孫一)는 學部의 차관으로, '文明的인 敎育'을 내세우며 주로 교과서 편찬에 관여하면서 1907년 조선인 교육의 행정권을 장악하기에 이른다. 미쓰치 주조는

---

5) 정재철(1985)『日帝의 對韓國植民地敎育政策史』, 일지사, pp.193∼210

1908년 각 교과목에 대한 통일된 교과서를 출판하여 당시 존재한 약 10여개의 공립보통학교에서 사용케 하였으며, <사립학교령>을 발포하여 이전의 '불량한 교과서'를 점차 정부 편찬의 교과서로 사용하도록 하였고, 다른 교과서를 사용할 때는 <敎科用圖書檢定規定>에 의하여 학부의 인가를 받도록 하였다.

당시 통감부 학부에서 시행한 「敎科書의 內容에 關혼 調査」를 보면 가장 중요한 심사 기준은 '조선과 일본의 관계 및 친교를 저해하거나 비방하는 배일사상' 내용의 유무[6)]에 있었다.

이 시기 통감부에서 교육제도를 정비한 주요 法令制定은 <표 1>과 같다.

<표 1> 統監府 시대 한국에서의 교육법령

연 월 일		교　육　법　령
1906	8월 27일	普通學校令
	8월 31일	師範學校令, 外國語學校令, 高等學校令
1908	4월 2일	高等女學校令
	8월 26일	私立學校令
	8월 28일	學部令, 公立私立學校認定에 關한 規定, 敎科書用図書檢定規定公布
	12월29일	成均館官制
1909	4월 27일	實業學校令
	7월 9일	實業學校令施行規則, 高等女學校令施行規則, 師範學校令施行規則, 高等學校令施行規則, 外國語學校令施行規則

---

6) 학부(1909.03), 『敎科書의 內容에 關혼 調査』

학부는 1909년 4월에 <보통학교령>을, 같은 해 7월에 <보통학교령 시행규칙>을 개정하여 보통학교의 교육과정과 교과목의 매주 교수시수를 개편하였다. 개편된 보통학교 교육과정과 교수시수는 1906년의 것과 거의 비슷하나 내용에서 주목할 것은 「국어」와 「한문」 두 과목을 「국어 및 한문」 한 과목으로 통합하고 시간수도 남자 10시간, 여자 9시간으로 조정하였다. 이는 <보통학교령>기에는 여성교육의 중요성을 강조하고 있음에도 불구하고, 수업시수를 달리 배정한 것은 아직은 여성교육에 대한 인식이 낮았음을 의미한다.

<보통학교령> 제2장 제6조에 의하면 보통학교의 교과목은 수신, 국어, 한문, 일어, 산술, 지리, 역사, 이과, 도화, 체조의 10개 과목으로 설정하였으며, 여학생은 수예를 더하고 사정에 따라 창가, 수공, 농업, 상업 중 한 과목 혹은 몇 과목을 반드시 더 하도록 하였다. 종래의 <소학교>는 <보통학교>로 개칭되었고, 수업연한을 4년으로 하였으며, 보통학교 교과에 日本語가 필수과목으로 추가7)되었다. 또한 지리, 역사의 경우도 실제로 시간수는 별도로 배정되어 있지 않고, 국어와 일어 교과에서 역사나 지리와 관련된 내용을 포함하여 다루도록 하였다.

1908년 8월 28일에는 <학부령> 제16호로 <敎科用圖書檢定規定>을 공포하여 교과용도서의 검정과 인가를 받게 하였으며, 학생용과 교사용의 교과용 도서는 우선적으로 학부에서 편찬하기로 하였다. 학부는 국정교과서를 직접 편찬할 뿐 아니라 사립학교 교과용 도서의 질적 개선을 도모한다는 명분아래 그 실상은 교육내용을 규제할 목적으로 민간인 저작 교과용 도서를 검정하였다. <敎科用圖書檢定規定>을 보면, 공사립보통학교의 교과용 도서는, '① 학부에서 편찬한 것, ② 학부

---

7) 朴英淑 「解題 第一期 『普通學校國語讀本』について」, 朝鮮總督府編纂 『普通學校國語讀本』에 所收. 참고

대신의 검정을 받은 것, ③ 이상에 해당된 도서가 없을 경우 학교장이 학부대신의 인가를 받아서 다른 도서를 쓸 수 있다.'는 규정에 합당해야 했다. 또한 <사립학교령>(1908. 8) 제16조에 <사립학교 교과서에 대한 규정>도 앞의 <教科用圖書檢定規定>에 준하는 내용이 제시되어 민족의식, 배일사상을 고취하는 내용은 배제하도록 통제하였다.

학부가 편찬한 보통학교 교과서는 1909년 5월 당시 『수신서』 4권, 『국어독본』 8권, 『日語讀本』 8권, 『圖畵讀本』 4권, 『漢文讀本』 4권, 『理科書』 2권 등, 총 7종 41권이었다.

<보통학교령>기의 한국과 일본은 '구국'과 '식민지화'라는 서로 병행할 수 없는 다른 목적을 위한 교육을 우선 수단으로 선택하였다. 이에 따라 우리 민족은 민족운동세력과 친일 또는 부일세력으로 대립하는 새로운 이중구조에 놓이게 된 것이다.

4) 합병 후 조선의 교육제도와 일본어 교육

1910년 8월 29일, 한국이 일본에 합병되며, 메이지천황의 합병에 관한 조서(詔書)는 다음과 같다.

> 짐은 동양의 평화를 영원히 유지하고 제국의 안전을 장래에 보장할 필요를 고려하여……조선을 일본제국에 합병함으로써 시세의 요구에 응하지 않을 수 없음을 염두에 두어 이에 영구히 조선을 제국에 합병하노라…下略…8)

일제는 한일합방이 이루어지자, <大韓帝國>을 일본제국의 한 지역

---

8) 敎育編纂會 『明治以降敎育制度發達史』 第十卷 1964년 10월 p.41(필자 번역, 이하 동). 朝鮮敎育硏究會, 『朝鮮敎育者必讀』, 1918년, pp.47~48 참고

으로 인식시키기 위하여 <朝鮮>으로 개칭(改稱)하였다. 그리고 제국주의 식민지정책 기관으로 <朝鮮總督府>를 설치하고, 초대 총독으로 데라우치 마사타케(寺內正毅)를 임명하여 무단정치와 제국신민 교육을 병행하여 추진하였다. 따라서 일제는 조선인 교육정책의 중점을 '점진적 동화주의'에 두고 풍속미화(풍속의 일본화), 일본어 사용, 국정교과서의 편찬과 교원양성, 여자교육과 실업교육에 주력하여 보통교육으로 관철시키고자 했다. 특히 일제 보통교육 정책의 근간이 되는 풍속미화는 황국신민의 품성과 자질을 육성하기 위한 것으로 일본의 국체정신과 이에 대한 충성, 근면, 정직, 순량, 청결, 저축 등의 습속을 함양하는데 있었다. 일본에서는 이를 <통속교육위원회>라는 기구를 설치하여 사회교화라는 차원에서 실행하였는데, 조선에서는 이러한 사회교화 정책을, 보통학교를 거점으로 구상한 점이 일본과 다르다 할 수 있다.9)

조선총독부는 한국병합 1년 후인 1911년 8월 24일 <朝鮮敎育令>10)이 공포되어 본격적인 일제 통치하의 교육이 시작된다. 초대 조선총독 데라우치 마사타케(寺內正毅)의 교육에 관한 근본방침에 근거한 <朝鮮敎育令>은 全文 三十條로 되어 있으며, 그 취지는 다음과 같다.

조선은 아직 일본과 사정이 같지 않아서, 이로써 그 교육은 특히 덕성(德性)의 함양과 일본어의 보급에 주력함으로써 황국신민다운 성격을 양성하고 아울러 생활에 필요한 지식 기능을 교육함을 본지(本旨)로 하고……조선이 제국의 융운(隆運)에 동반하여 그 경복(慶福)을 만끽함은 실로 후진 교육에 중차대한 조선 민중을 잘 유의시켜 각자 그 분수에 맞게 자제를 교육시켜 成德 達才의 정도

---

9) 정혜정·배영희(2004), 「일제 강점기 보통학교 교육정책연구」, 『敎育史學 硏究』, 서울대학교 敎育史學會 편, p.166 참고
10) 敎育編纂會(1964, 10), 『明治以降敎育制度發達史』 第十卷, pp.60～63

에 따라야 할 것이며, 비로소 조선의 민중은 우리 皇上一視同仁의 홍은(鴻恩)을 입고, 一身一家의 福利를 향수(享受)하고 人文 발전에 공헌함으로써 제국신민다운 열매를 맺을 것이다.11)

이에 따라 교사의 양성에 있어서도 <朝鮮敎育令>에 의하여, 구한말 고종의 <교육입국조서>의 취지에 따라 설립했던 기존의 '한성사범학교'를 폐지하고, '관립고등보통학교'와 '관립여자고등보통학교'를 졸업한 자를 대상으로 1년간의 사범교육을 실시하여 배출하였으며, 부족한 교원은 '경성고등보통학교'와 '평양고등보통학교'에 부설로 수업기간 3개월의 임시교원 속성과를 설치하여 <朝鮮敎育令>의 취지에 맞는 교사를 양산해 내기에 이른다.

데라우치 마사타케가 제시한 식민지 교육에 관한 세 가지 방침은, 첫째, '조선인에 대하여 <敎育勅語>(Imperial rescript on Education)의 취지에 근거하여 덕육을 실시할 것.' 둘째, '조선인에게 반드시 일본어를 배우게 할 것이며 학교에서 敎授用語는 일본어로 할 것.' 셋째, '조선인에 대한 교육제도는 일본인과는 별도로 하고 조선의 時勢 및 民度에 따른 점진주의에 의해 교육을 시행하는 것'이었다.

이와 같이 데라우치 마사타케의 <朝鮮敎育令>에 의한 교육은, 일상생활에 '필수(必須)한 知識技能'을 몸에 익혀 실세에 적응할 보통교육을 강조하는 한편, 1911년 11월의 「일반인에 대한 유고(諭告)」에서는 '덕성의 함양'과 '일본어 보급'을 통하여 '신민양성의 필요성'을 역설하기도 했다.

<第一次 朝鮮敎育令>과 <普通學校施行規則>에 의해 정해진 <普

---

11) 조선총독부(1964, 10), 『朝鮮敎育要覽』, 1919년 1월, p.21. 敎育編纂會 『明治以降敎育制度發達史』 第十卷, pp.64~65

通學校 敎科課程>에서, 보통학교 교육연한은 <제1차 朝鮮敎育令>에
서 알 수 있듯이 보통학교 3~4년제, 고등보통학교 4년제, 여자고등보
통학교 3년제이다. 이는 일본인 학교 교육연한과 다른 교육정책(1912
년 3월 府令 제44호, 45호에 의하여 일본인 초등학교 6년제, 중학교 5
년제, 고등여학교 5년제)으로, 복선형 교육제도였다고 할 수 있다.

　한편 일본어 교육은 식민지 조선이라는 특수한 상황에서 풍속미화
의 동화정책 중에서도 가장 기본적인 수단으로 중요시 되었다. 이는 말
과 역사를 정복하는 것이 동화정책의 시작이요 완성이라는 의미이다.

　보통학교의 교과목 중에서 일본어가 차지하는 위치는 다음 <표 2>
와 같다.12)

<표 2> 보통학교 교과과정 및 매주 시간수

敎科目 / 學年	1	2	3	4	計
修身	1	1	1	1	4
國語(日本語)	10	10	10	10	40
朝鮮語 및 漢文	6	6	5	5	22
算術	6	6	6	6	24
理科			2	2	4
唱歌,體操	3	3	3	3	12
圖畵					
手工					
裁縫 및 手藝					
農業初步					
商業初步					
計	26	26	27	27	106

---

12) 朝鮮敎育會(1935), 『朝鮮學事例規』, pp.409~410.　注：空欄은 元本대로

<표 2>를 보면「日本語」는「國語」로,「韓國語」는「朝鮮語」로 명칭이 바뀌었음을 알 수 있다. 또 통감부시대의 보통학교 교과목으로 역사, 지리가 있었던데 비해 조선총독부의 <朝鮮敎育令>에 의한 <보통학교 교과과정>에는 역사, 지리에 대한 내용을『普通學校國語讀本』에 포함하여 일본어로 교육하였다.

「國語(일본어)」는 읽기(讀方), 해석, 회화, 암송, 받아쓰기(書取), 작문, 습자를 그 내용으로 하며, 매주 수업 시간수는 1학년부터 4학년까지 10시간씩 배정하여, 전 학년을 통틀어 총 수업시간의 약 38%를 차지하고 있다. 일본어가「朝鮮語 및 漢文」과목에 비해 2배 정도의 교육 시간이 배정된 것을 감안하면 당시 교육정책이 일본어 교육에 보다 역점을 두고 있었다는 것을 알 수 있다.

3. 조선총독부의 보통학교 교육정책

조선총독부는 1911년 8월 <제1차 조선교육령>을 발포하고, 같은 해 10월 <보통학교시행규칙>, <고등보통학교시행규칙>, <여자고등보통학교시행규칙>의 제정에 따라 교과서 편찬사업을 착수하였는데, 이는 1905년 2월부터 일본인 시데하라 다이라(幣原坦)가 學部의 고문인 학정참여관(學政參與官)으로 들어와『日語讀本』등의 발간에 이어 다른 교과의 교과서 편찬 착수의 연장이라 할 수 있다.

일본의 교과서는, 메이지 초기 <自由制>, 1880年 <開申制(屆出制)>, 1883년 <認可制>, 그리고 1886년 <檢定制>를 거쳐, 1904년 <國定敎科書>에 이른다. 그러나 당시 식민지 교과서정책은 <허가제>에서

<인가제>로, 다시 <검정제>를 거쳐 최종적으로 <국정교과서>로 규제해가는 교육정책을 취했다.

식민지 초기, 일제의 조선통치 방침은 '점진적 동화주의'에 그 목적을 두었으며, 보통학교를 거점으로 하여 교화정책을 구상하였다. 일제의 동화정책은 조선인에게 "보통교육 즉 독서, 습자, 산술을 가르치는데 만족하고 황국신민을 위한 품성과 기풍을 교화하는데 목적이 있지 그 이상의 학과는 필요치 않는 것"이었다.

일제는 조선의 교육 전반을 다스릴 법령 제작에 착수하였다. 하지만 법령이 완성되기 전까지의 근거자료로써, 교육부분 특히 교과서 발행에 관한 모든 조치를, 신문 등 각종 매체를 통하여 홍보하였다. 당시 조선총독부의 교과서 편찬 방침은,

> 朝鮮学童의教科書問題는向日브터內地有識者間의一問題가된지라其編纂方針에对ᄒ야各種議論이区々不一ᄒ나右는目下內務部学務局編輯課에셔編纂ᄒ는者롤脱稿되는대로文部省에送致ᄒ야來年初学期四月브터普通学校,高等学校에对ᄒ야改正教科書롤用케홀터이라從来의日語読本은国語読本이라ᄒ고国語読本은諺文読本이朝鮮語読本이라改称홈은勿論이오其内容도此際에根柢부터改正ᄒ야為先実業教育에関ᄒ智識과興味를添ᄒ야殖産農林,鉱業,工芸等의開発에関ᄒ思想을涵養ᄒ야써無為徒食으로為事ᄒ는悪風을一掃ᄒ고此를誘導ᄒ야勤倹力行의道를知케ᄒ며貯金思想의奨励等으로為主ᄒ다더라[13]

고 하여, 종래의 『일어독본』을 『국어독본』이라 하고 반대로 『국어독본』

---

13) 「朝鮮學童과 敎科書」, ≪每日申報≫, 1910.11.2, 2면

은『언문독본』이나『조선어독본』으로 개칭하였으며, 그 내용도 황국신
민의 품성과 자질을 육성하기 위한 조선총독부의 교과서 편찬방침에 맞
게 개정하도록 지시하였다. 이는 주로 황실에 관한 사항, 국호, 연호 및
축제, 제도에 관한 것, 한국과 일본 간의 역사적 사실에 관한 것에 대한
수정지침으로, 일제는 1911년 2월 舊 學部 검정 및 인가 교과용 도서에
대한「教授上의 注意 并 字句訂正表」[14]를 제정 반포하여, 이를 시행하
게 하였다. 그「教授上의 注意 并 字句訂正表」에 나타난 일제의 교수정
책은 다음과 같이 요약할 수 있다.

첫째, **황실에 관한 것**

조선인으로 하여금 대한제국의 황실 대신 일본 황실을 봉대(奉戴)하
도록 하고 일본의 황국신민임을 인식시키는데 중점을 두게 했다. 그 상
세한 지침은 다음과 같다.

① 한일합병의 결과로 조선인이 봉대할 황실은 대일본 천황폐하, 황
   후폐하 및 황족인 것.

② 역사 교과서 중에 前 한국 황제폐하에 대하여 '금상폐하'라는 경
   칭을 사용한 것이 있으나 금일 이후로는 대단히 부적절하므로 사
   용하지 말 것.

---

14) 舊學部檢定並ニ認可ノ図書ハ其數甚多ク、今般韓國併合ノ結果教材並ニ字句ノ
不適當トナルニ至リタルモノ少カラザレドモ、各種各冊ニ就キ教授上ノ注意並
ニ字句ノ訂正ヲナスハ殆ト其煩ニ堪ヘザルノミナラズ、教授者ノ參考トシテ却
テ不便ノ點多カルベシト思惟スルニ付、此種ノ圖書中ニ顯ハルル不適當ナル事
項ヲ概括列擧シ、之ニ對シテ一般的注意ヲ與フルコト、ナセリ、故ニ或特殊ノ
教材ニ對シテハ的確ニ當嵌マラザル場合往々之アルベシト雖モ、教授者ハ宜シ
ク下ニ揚クル各事項ニ關スル注意ヲ熟讀シ、之ニ準據シテ教科書中ノ不適當ナ
ル記事並ニ字句ヲ訂正教授シ、教育上遺算ナカランコトヲ要ス。**教授上ノ注意
並ニ字句訂正表 內務部學務局** :「第二 舊學部檢定及認可教科用圖書ニ對スル
教授上ノ注意」『植民地朝鮮教育政策史料集成』第18卷 - 第四集 教科書編纂關
係資料 - 龍溪書舍(1990), pp.10~15(각주 20번까지 동일자료)

③ 역사 교과서 중에 현재 천황폐하에 관한 기사에 '일본 천황께서
　는' 등으로 기술하여 경칭을 사용하지 않은 것이 있는데, 이런 경
　우엔 반드시 '폐하'라는 경칭을 부가하여 '일본국 천황폐하께옵서
　는'과 같이 정정 교수할 것.

④ '本朝' 또는 '我朝' 등의 말을 사용한 여러 교과서가 있으나 이는
　모두 '李朝'로 고칠 것.15)

둘째, 국호에 관한 것

① 역사, 지리, 독본 등의 교과서에 '이조 태조가 業을 創하여 국호를
　조선이라 정하고 광무 원년에 至하여 <大韓>'이라 개칭한 일을
　기술한 것이 많으나, 이를 교수할 경우에는 국호는 1910년 8월 29
　일 <칙령 제318호>로써 폐지되고 '朝鮮'이라 칭하기로 정한 것
　을 알게 할 것.

② 종래의 교과서 중에는 대한제국, 한국, 또는 我國, 我韓, 本國 등
　의 명칭을 사용한 것이 많은데, 조선은 이미 대일본제국의 일부
　가 됨으로써 이러한 명칭을 개정 교수함이 긴요함.16)

---

15) **第一　皇室ニ關スル事**：學部檢定並ニ認可ノ圖書中、前韓國皇室ニ關スル記事
　ヲ揭グルモノアリ、斯ル教材ハ今日其儘之ヲ教授スベカラザルハ言ヲ俟タズ、
　教師ハ宜シク左記各項ノ趣旨ニ依リ訂正教授スベシ。一、日韓倂合ノ結果、朝
　鮮人ノ奉戴スル皇室ハ大日本 天皇陛下、皇后陛下並ニ皇族ナルコト、二、歷史
　等ノ書中、前韓國皇帝陛下ニ對シ「今上陛下」ナル敬稱ヲ用ヒタルモノアレド
　モ、今日ニ於テハ全然不適當ナルニツキ使用スベカラザルコト。三、歷史等ノ
　書中、現在ノ天皇陛下ニ關スル記事ニ「日本國天皇陛下께서는」ナド記シテ敬稱
　ヲ用ヒザルモノアリ、斯ル場合ニハ必ズ「陛下」ナル敬稱ヲ附加シ、「日本國天
　皇陛下께옵서는」ノ如ク訂正教授スベキコト。四、「本朝」又ハ「我朝」等ノ語ヲ用
　フル所諸書ニ之アルモ總テ「李朝」ト改ムベキコト。

16) **第二　國號ニ關スル事**：一、歷史、地理、讀本等ノ書ニ於テ李朝太祖業ヲ創メ
　國號ヲ朝鮮ト定メ、降テ前太皇帝ノ光武元年ニ至リ改メテ大韓ト稱セシコトヲ
　記スルモノ多キモ、斯ル事項ヲ教授スル場合ニ於テハ該國號ハ明治四十三年八
　月二十九日勅令第三百十八號ヲ以テ廢止セラレ朝鮮ト稱スルコトニ定メラレタ
　ルヲ知ラシムベシ。二、從來ノ教科書中ニハ「大韓帝國」、「韓國」、「我國」、又
　ハ「本國」、「我韓」等ノ名稱ヲ用フルコト頻ル多キモ、朝鮮ハ既ニ大日本帝國ノ

셋째, **연호에 관한 것**

역사 교과서에 전 한국 황제의 즉위와 함께 융희(隆熙)라 改元한 일을 기술한 것이 있는데, 이와 같은 것을 교수할 경우에는 구한국의 연호 隆熙는 1910년 8월 29일로 폐지되고 앞으로는 메이지(明治)의 연호를 사용함이 당연한 것을 알게 할 것.17)

넷째, **축제일에 관한 것**

① 독본 등의 교과서 가운데 개국기원절 또는 건원절에 관한 교재를 게재한 것이 있는데 구한국 경축일은 이미 폐지되었은즉 지금부터는 이러한 교재는 교수치 말고 대일본제국 국민으로서 당연히 제국의 축제일을 준수할 것을 가르치며, 또한 본서의 부록으로는 <축제일 약해>를 달아 축제일에 관한 일반 주의와 각 축제일의 요령을 교수할 것.

② 독본 중에 구한국 국기에 관한 교재를 게재한 것이 있으나 이 역시 교수치 말고 지금부터는 마땅히 일장기가 국기임을 알게 할 것과 축제일에는 일장기를 세워 성의를 표하도록 가르칠 것.18)

一部ナルヲ以テ此等ノ名稱ヲ適當ニ訂正敎授スルコト緊要ナリ、然レドモ此種ノ例ハ殆ト枚擧ニ遑アラザルヲ以テ左ニ數例ヲ揭ケテ訂正ノ標準ヲ示スニツキ、敎師ハ此等ヲ參考シテ適宜ノ措置ヲナスヲ要ス。(擧例中訂正ノ字句ハ括弧ニ入ル)

17) **第三 年號ニ關スル事** : 歷史等ノ書ニ於テ前韓國皇帝ノ卽位ト共ニ隆熙ト改元セラレタル事ヲ記スルモノアリ、斯ル事項ヲ敎授スル場合ニハ、舊韓國ノ年號隆熙ハ隆熙四年八月二十九日限廢止セラレ、同日ヨリ以後ハ明治ノ年號ヲ用フベキコトヲ知ラシムベシ。

18) **第四 祝祭日ニ關スル事** : 一、讀本等ノ中ニ開國紀元節又ハ乾元節ニ關スル敎材ヲ揭載スルモノアリ、然レドモ舊韓國慶祝日ハ旣ニ廢止セラレタルモノナレバ、自今此等ノ敎材ハ敎授スルコトナク、大日本帝國國民トシテ當然帝國ノ祝祭日ヲ尊守スベキコトヲ敎ヘ、日本書ノ附錄トセル祝祭日略解ニ依リ祝祭日ニ關スル一般ノ心得ト各祝祭日ノ要領トヲ授クベシ。二、讀本中ニ舊韓國國旗ニ關スル敎材ヲ揭クルモノアリト雖モ、之レ亦敎授スルコトナク、自今宜シク日章旗ヲ以テ國旗ト心得ベキコト、並ニ祝祭日等ニ日章旗ヲ立テ、誠意ヲ表スベキコトヲ敎フベシ。

다섯째, 제도에 관한 것

구한국의 중앙 정부조직 및 지방행정 제도를 게재한 도서가 적지 않은데, 이 교재는 이제 교수 불가함. 교사는 마땅히 1910(明治43)년 9월 30일 <칙령 제354호> 조선총독부관제, <칙령 제357호> 조선총독부 지방관 관제 등에 기초하여 현재의 정치기관 일반을 교수함이 타당하며, 그 대요는 「학부편찬 보통학교용 교과서에 관한 주의」 중에서, 『국어독본』 권5 제9과 「정치 기관」에 대하여 부여한 주의 각 항을 참조할 것을 요함.[19]

여섯째, 과거 日本과 朝鮮 간에 발생한 歷史上 사실에 관한 것

역사 지리 등의 교과서 중에 '왜구'라 칭하던 일본의 조선 침략, 몽고 및 고려의 일본 원정, 임진란의 기사 등을 다소 기재한 것이 있는데, 이러한 교재를 가르칠 경우 교수자는 신중하게 주의하라고 지시했다. 즉, 일본인과 조선인 간의 감정을 해치는 사항의 수업은 피하고, 기타 예와 같이 임진란의 義士를 들어 義勇을 교육하는데, 이것도 다른 예화로 대신할 것이며, 또 가끔 지리서에 있는 임진란 등의 유적 등에 대하여도 당시 현지의 산업에 관한 사항 설명에 힘쓰는 등, 교수상의 주의에 끊임없이 진력할 것.[20]

---

19) 第五　制度ニ關スル事：舊韓國ノ中央政府組織並ニ地方行政制度ヲ揭載スル圖書少カラザルモ、斯ル教材ノ今日ニ於テ教授スベカラザルハ言ヲ俟タズ、教師ハ宜ク明治四十三年九月三十日勅令第三百五十四號朝鮮總督府官制、勅令第三百五十七號朝鮮總督府地方官官制等ニ基キ簡明ニ現時ノ政治機關一斑ヲ教授スベシ、其大要ハ學部編纂普通學校用教科書ニ關スル注意中國語讀本卷五第九課「政治ノ機關」ニ就キ與ヘタル注意各項（第七頁）ヲ參照スルヲ要ス。

20) 第六　舊時日本朝鮮間起歷史上事實ニ關スル事：歷史地理等ノ書中ニ昔時倭寇ト稱セシ日本邊民ノ朝鮮侵略、蒙古及高麗ノ日本入寇並ニ壬辰亂（文錄慶長ノ役）記事等ヲ多少記載スルモノアリ、此等ノ教材ヲ教授スル場合ニ於テ教授者ハ最モ愼重ノ注意ヲ以テシ、決シテ誇張ノ言辭ヲ用ヒ杜選ノ事項ヲ教フル等ノコト有ルベカラザルハ勿論、被教育者ノ種類學年等ニ應シ、歷史又ハ地理ノ教授トシテ必要止ムヲ得ザル範圍ニ止メ、徒ラニ內地人朝鮮人間ノ感情ヲ害ス

일곱째, 축제일을 준수하도록 가르칠 것

대일본제국 국민된 자는 제국의 축제일을 준수하여 국민된 성의를 표함은 당연한 도리이며 청년학도의 교육상에 있어서, 그리고 일반대중을 상대로 풍속교화에 중요한 관련을 갖는 것인즉, 교직에 종사하는 자는 일본제국 축제일의 의의를 알게 하여 교육상 소홀함이 없게 해야 할 것이라 하였다.21)

이러한 지침을 볼 때『普通學校國語讀本』을 비롯한 모든 교과 내용에 많은 부분을 할애하여 특히 강조된 점은 일본 國體의 인식과 天皇家에 대한 충성심을 불어넣어, 조선 아동을 황국신민으로 길러내는데 보다 역점을 두었음을 짐작할 수 있다.

4. 第一期『普通學校國語讀本』의 표기 및 배열

조선총독부 편찬 第一期『普通學校國語讀本』은 조선 아동을 대상으로 조선총독부에 의해 편찬된 초등교육과정 일본어 입문교과서이다.

ルニ過ギサルガ如キ事項ハ之ヲ教授スルヲ避クベシ、其他、例ヘハ壬辰亂ノ義士ヲ假リテ義勇ヲ說クノ類ハ他例ヲ以テ之ニ代ヘ、又往々地理書中ニ擧ケラレタル壬辰亂等ノ遺跡ノ如キモノニ就キテハ、寧口其地點ノ現在ニ於ケル交通産業等ニ關スル事項ヲ說敍スルニカヲ用フル等、常ニ適當ナル教授上ノ注意ヲ怠ルベカラズ。

21) 大日本帝國國民된者는均히帝國의祝祭日을遵守ᄒ야,國民된誠意를表홈은當然혼義이며,且靑年學徒의敎育上은勿論이어니와一般風敎上至重혼關係를有혼者인즉,苟히敎職上에從事ᄒᄂ者ᄂ帝國祝祭日의意義를悉知ᄒ야敎育上疏漏홈이無케홀지니라. 축제일로는 四方拜(1월 1일), 元始祭(1월 3일), 孝明天皇祭(1월 30일), 紀元節(2월 1일), 神武天皇祭(4월 3일), 天長節(11월 3일), 神嘗祭(10월 17일), 新嘗祭(11월 23일), 春季皇靈祭(春分日), 秋季皇靈祭(秋分日)가 있다.「敎授上의 注意 幷 字句 訂正表」, 附錄「祝祭日 略解」, 《每日申報》, 1911. 03. 02. 3면

1912년부터 1915년에 걸쳐서 출판된, 흑회색의 양장본으로 된 8권의
출판사항은 <표 3>과 같다.

<표 3> 第一期 『普通學校國語讀本』의 출판 사항

朝鮮總督府 第 I 期 『普通學校國語讀本』 1912~1915년							
卷數	출판년도	사이즈		課	貢	정가	학년 학기
		縱	橫				
卷一	1912	22	15	47	80	6錢	1학년 1학기
卷二	1913	22	15	31	91	6錢	1학년 2학기
卷三	1913	22	15	30	110	6錢	2학년 1학기
卷四	1913	22	15	28	110	6錢	2학년 2학기
卷五	1914	22	15	28	126	6錢	3학년 1학기
卷六	1914	22	15	29	126	6錢	3학년 2학기
卷七	1915	22	15	29	108	6錢	4학년 1학기
卷八	1915	22	16	31	118	6錢	4학년 2학기
				253	879		

　　第一期 『普通學校國語讀本』은 각 학년에 2권씩 4학년까지 8권으로
되어 있으며, 전 학년에 걸쳐 상당히 많은 분량을 학습하게 되어 있다.
교과서는 통감부 시절 초기에는 공립학교 아동에 한하여 무상으로 지
급되었으나, 1909년 5월 이후는 무상지급에서 대여(貸與)로 바뀌었으
며, 1911년에 제정된 <普通學校施行規則>에 의해 1913년부터는 신규
편찬(新規編纂)의 교과서에 대해서는 자비구입 하도록 했다.(학부편찬
교과서는 10~12錢에 비해, 第一期 『普通學校國語讀本』은 약 절반 정
도인 각 6錢의 저가로 보급했다.)

第一期『普通學校國語讀本』의 특징은, 띄어쓰기가 없는 일본어 표기에서 저학년(1, 2학년)용에 <띄어쓰기>가 채용된 점이다. <띄어쓰기>를 한 이유는, 모어(母語)를 달리하는 조선 아동이 처음 일본어로 된 교과서를 접하는데 있어서 쉽게 접근할 수 있게 하기 위함이었을 것이다.

또한 第一期『普通學校國語讀本』은 식민지 초기 교과서로서, 대만(臺灣)에서 일본어교육의 경험을 참고하여 가나표기법(仮名遣)은 표음적(表音的)이고, 교수방법은 직접법(直接法) 방침으로 편찬되었기 때문에, 학년이 올라갈수록 학습한자수(學習漢字數)가 많아지는 경향을 볼 수 있다. 이는 통감부시대 學部 편찬『普通學校學徒用日語讀本』(1907~1908)과, 합병 직후 1911년 이를 정정해서 쓴 조선총독부 편찬『訂正普通學校學徒用國語讀本』각 권의 初出漢字와 비교해 보아도, 앞의 두 텍스트가 한자 사용에 있어서 단계를 쫓지 않은데 비해, 조선총독부의 第一期『普通學校國語讀本』은 조선아동의 학습단계를 고려하여, 5~6권(3학년 1, 2학기용)이, 7~8권(4학년 1, 2학기용)에 비해서 초출한자가 많다. 그것은 앞에 서술한 바와 같이 수업연한 3년제 학교를 고려하여, 주요교재를 완결한다는 교과서 편찬 방침에 따른 것으로 생각된다.

특히 第一期『普通學校國語讀本』에 일본의 國定一期『尋常小學國語讀本』보다 한자가 3배 이상이나 학습된 요인은, 취학 전 교육 또는 보습교육으로 서당교육을 거쳐 초등학교에 입학하는 사람의 비율이 높았기 때문이다. 또 이 시기의 역사, 지리교과서가 없었기 때문에 일본어 교과서로 학습함에 따라서, 역사, 신화, 설화의 인물, 천황과 인명, 지명과 같은 고유명사 등을 많이 포함하고 있음을 알 수 있다.

5. 보통학교 교과서와 교육상의 지침

1914년 일제가 제시한 보통학교 교과서 편찬 일반방침은 앞서 제정, 선포되었던 「敎授上의 注意 幷 字句訂正表」의 지침을 반영함과 동시에 기본적으로 <조선교육령>과 <보통학교규칙>에 준거를 둔 것이었다. 이에 따라 교과서 기술에 있어서도 「朝鮮語 및 漢文」을 제외하고는 모두 일본어(國語)로(일본어가 보급되기까지 사립학교 생도용을 위해 수신서, 농업서 등 特種에 한하여 별도로 朝鮮譯文을 作한다) 기술하여 언어를 일본어로 통합하였고, 1911년 8월에 조선총독부가 편찬한 『국어교수법』이나, 1917년에 주로 논의되었던 교육상의 교수지침에서도 '풍속교화를 통한 충량한 제국신민의 자질과 품성을 갖추게 하는 것임'을 명시하여 초등교육을 통하여 충량한 신민으로 교화시켜나가려 하였다.

1906년부터 조선어, 수신, 한문, 일본어 과목의 주당 수업시수를 비교해 놓은 <표 4>에서 알 수 있듯이, 수업시수는 1917년 일본어 10시간, 조선어(한문) 5~6시간이었던 것이, 1938~1941년에는 수신 2시간, 일본어 9~12시간인 것에 비해 조선어는 2~4시간에 불과하며 선택과목이었다. 그러다가 1941~1945년에는 조선어는 누락되고 수신(국민도덕 포함) 및 일본어가 9~12시간으로 되어 있다. 이는 일본이 창씨개명과 태평양전쟁으로 징병제도가 실시되면서 민족말살정책이 점차 심화되어 가는 과정으로 이해될 수 있다.

초등학교에는 合科的 성격의 「國民科」, 「理數科」, 「體鍊科」, 「藝能科」, 「實業科」라는 5개의 교과가 있었는데, 그 중의 「國民科」는 修身, 國語, 國史, 地理의 4과목으로 이루어져 있다. 國語, 國史, 地理의 合本

的 텍스트로, 「國民科」의 4분의 3을 입력한 교과서 『普通學校國語讀本』의 내용 역시 「修身」 교과서와 같이 품성의 도야, 국민성 함양을 목표로 하고 있다. 또한 「朝鮮語 및 漢文」 교재도 「普通學校國語讀本」과 마찬가지로 일본천황의 신민에 합당한 국민성을 함양케 하는데 치중하고 도덕을 가르치며 상식을 알게 할 것에 교수목표를 두고 있다. 각 시기에 따른 학년별, 과목별 주당수업시수는 아래 <표 4>와 같다.

<표 4> 조선에서의 수신·조선어·한문
·일본어의 주당 수업시수

학년	통감부(1907)				제1기(1911)			제2기(1922)			제3기(1929)			제4기(1938)			제5기(1941)
	수신	조선어	한문	일어	수신	국어(일어)	조선어(한문)	수신	국어(일어)	조선어	수신	국어(일어)	조선어	수신	국어(일본어)	조선어	국민과 수신, 국어
1	1	6	4	6	1	10	6	1	10	4	1	10	5	2	10	4	11
2	1	6	4	6	1	10	6	1	12	4	1	12	5	2	12	3	12
3	1	6	4	6	1	10	5	1	12	3	1	12	3	2	12	3	2, 9
4	1	6	4	6	1	10	5	1	12	3	1	12	3	2	12	2	2, 8
5								1	9	3	1	9	2	2	9	2	2, 7
6								1	9	3	1	9	2	2	9	2	2, 7
합계	4	24	16	24	4	40	22	6	64	20	6	64	20	12	64	16	62

* 제1기(보통학교시행규칙, 1911. 10. 20), 제2기(보통학교시행규정, 1922. 2. 15), 제3기(보통학교시행규정, 1929. 6. 20), 제4기(소학교시행규정, 1938. 3. 15), 제5기(국민학교시행규정, 1941. 3. 31)

끝으로, 朝鮮統監府 및 朝鮮總督府의 관리하에 편찬 발행하여, 조선인에게 교육했던 일본어 교과서를, '統監府期'와 '日帝强占期'로 대별하고, 다시 日帝强占期를 '1期에서 5期'로 분류하여, '敎科書名, 編纂年度, 卷數, 初等學校名, 編纂處' 등을 <표 5>로 정리하였다.

<표 5> 朝鮮統監府, 日帝强占期 朝鮮에서 사용한 日本語教科書

<table>
<tr><td colspan="2"></td><td>日本語教科書 名稱</td><td colspan="2"></td><td>編纂年度 및 卷數</td><td>初等學校名</td><td>編纂處</td></tr>
<tr><td rowspan="1">統監
府期</td><td colspan="3">普通學校學徒用 日語讀本</td><td colspan="2">1907~1908 全8卷</td><td>普通學校</td><td>大韓帝國 學部</td></tr>
<tr><td rowspan="11">日
帝
强
占
期</td><td colspan="3">訂正 普通學校學徒用國語讀本</td><td colspan="2">1911. 3. 15 全8卷</td><td>普通學校</td><td>朝鮮總督府</td></tr>
<tr><td rowspan="2">一期</td><td colspan="2">**普通學校國語讀本**</td><td colspan="2">**1912~1915 全8卷**</td><td rowspan="2">**普通學校**</td><td rowspan="2">**朝鮮總督府**</td></tr>
<tr><td colspan="2">改正普通學校國語讀本</td><td colspan="2">1918 全8卷</td></tr>
<tr><td>二期</td><td colspan="2">普通學校國語讀本</td><td colspan="2">1923~1924 全12卷</td><td>普通學校</td><td>(1~8)朝鮮總督府
(9~12)日本文部
省</td></tr>
<tr><td rowspan="2">三期</td><td colspan="2">普通學校國語讀本</td><td colspan="2">1930~1935 全12卷</td><td rowspan="2">普通學校</td><td rowspan="2">朝鮮總督府</td></tr>
<tr><td colspan="2">改正普通學校國語讀本</td><td colspan="2">1937 全12卷</td></tr>
<tr><td>四期</td><td colspan="2">初等國語讀本</td><td colspan="2">1939~1941 全12卷</td><td>小學校</td><td>(1~6)朝鮮總督府
(7~12)日本文部
省</td></tr>
<tr><td rowspan="2">五期</td><td>ヨミカ
タ(읽기)</td><td>1~2학년</td><td>4권</td><td>1942 1~4卷</td><td rowspan="2">國民學校</td><td rowspan="2">朝鮮總督府</td></tr>
<tr><td>初等
國語</td><td>3~6학년</td><td>8권</td><td>1942~1944
5~12卷</td></tr>
</table>

第一期 『普通學校國語讀本』은, 당시의 편수과장 오다 쇼고(小田省吾)와 편수관 다치가라 노리토시(立柄教俊), 장학관(視學官) 이시다 신타로(石田新太郎)에 의해 편찬되었다. 이 第一期 『普通學校國語讀本』은 정치적 목적에 의하여 조선 아동을 대상으로 편찬된 초등교과서로, 일본정부가 바라던 바, 즉 교과서를 통하여 조선인을 천황의 신민답게 육성하려는 교육목표에 의한 초등학교용 교과서라 할 수 있을 것이다.

　　본 조선총독부 편찬 제 I 기『초등학교 일본어독본』은, 福岡敎育大學附屬図書館 소장본을, 유한대학 朴英淑 교수님이 朝鮮總督府編纂 『普通學校國語讀本』으로 영인한 것을 저본으로 하였다. 박영숙 교수 님에게 감사를 표한다.

　　　　　　　　　　　　　　　전남대학교 일어일문학과 김순전

≪범 례≫

1. 권1부터 권4까지는 띄어쓰기로 되어 있고, 권5부터 권8까지는 띄어쓰기
   가 없다. 다만 권2부터 권4까지의 띄어쓰기는 용언에도 적용되어 있어
   서, 한국어번역에 애매한 경우가 있었다. 그래서 권1의 한국어 번역에
   만 띄어쓰기를 했다.
      예) '어린이 가 놀고 있습니다.'로 한다.

2. 부득이한 경우 괄호 속에 한자를 병기한다.

3. 조선은 상황에 따라 한국 또는 조선으로 번역한다. 내지(內地)는 일본
   의 영역 표시 의도를 부각시키기 위해 그대로 번역한다.

4. 일본해를 동해로 번역함이 타당하지만 조선총독부의 의도를 그대로 나
   타내기 위해서 일본해로 번역함을 양지 바란다. 아울러 이와 유사한 경
   우에도 일괄 적용한다.

5. 방점은 진하게 하고, 방선은 밑줄로 처리한다.

6. 행정단위, 지명 등은 히로시마(廣島) 현, 교토(京都) 부, 요시노(吉野)
   산 등으로 표기한다.

7. 오쿠리가나가 들어있는 한자의 독음은 아래의 예와 같이 표기한다.
      예) 滿ち(mi-chi)

8. 원서는 세로쓰기로 되어 있는데 본 번역서는 가로쓰기이므로, 한문 읽
   기의 경우 독해순서를 표시하는 부호를 입력할 수 없어서 생략한다.

조선총독부 편찬
『초등학교 일본어독본』 I 권
제1학년 1학기(1915)

朝鮮總督府編纂

普通學校國語讀本 卷一

【머리말】

1. 이 책은 초등학교 제1학년 1학기의 일본어과 교과서이다.

2. 이 책의 각 과는 연습을 포함, 학생의 능력을 감안하여 2-3시간 또는 4-5시간으로 교수(敎授)해야 한다.

3. 이 책은 주로 표준어를 학교용어로 채택하였고, 일용의 여러 기물(器物), 보통의 동식물(動植物), 흥미로운 사항 등에 대하여 기술했다.

4. 언어는 우선 구두(口頭)로 가르치고, 학생이 이를 청취하여 말할 수 있게 한 다음, 문자에 대하여 가르치도록 한다.

5. 언어의 의의(意義)를 이해시키는 데는, 실물(實物), 동작(動作), 회화(繪畫) 등에 의해 직관적(直觀的)으로 가르치고, 편의상 일본어로 설명하며 필요한 경우에 한하여 한국어로 대역(對譯) 또는 해석(解釋)하는 것도 무방하다.

6. 특히 삽화(揷畫)를 많이 삽입하여 직관적(直觀的) 교육의 재료(材料)로 하고, 편의상 학생으로 하여금 상상할 수 있도록 약화(略畫)로 하여 넣은 곳도 적지 않다.

7. 신출단어(新出單語)는 모두 윗 칸(본서에는 왼쪽)에 실었으며, 신출문자(新出文字)에는 방점(傍點) ● 을 붙이고 같은 한자(漢字)에 달리 읽는 단어에는 방선(傍線) — 을 붙였음. 용언은 어미가 변화하는 것도 필요에 따라 신출단어로 제시했다.

8. 연습문제·발음연습·글자모양 비교(字形比較) 등은 필요에 따라서 보완할 것.

9. 교사는 단지 본 교재에 실린 언어를 가르치는데 만족하지 말고, 때에 따라서 보완하고 학생의 어휘를 풍요롭게 하는데 힘써야 할 것이다. 그리하여 이미 배운 언어는 끊임없이 사용케 하고, 특히 교실용어 같은 것은 가능한 한 일본어를 사용케 할 것.

10. 권말(卷末)의 부록(附錄)은 학생이 예습이나 복습을 할 때 이용토록 해야 한다.

다이쇼 원년(1912)년 11월 조선총독부

권1 [1학년 1학기, 1915] 목 차

제1과 ·· 57
제2과 ·· 58
제3과 ·· 59
제4과 ·· 61
제5과 ·· 63
제6과 ·· 65
제7과 ·· 67
제8과 ·· 69
제9과 ·· 70
제10과 ·· 72
제11과 ·· 74
제12과 ·· 76
제13과 ·· 78
제14과 ·· 80
제15과 ·· 82
제16과 ·· 85
제17과 ·· 86
제18과 ·· 87
제19과 ·· 89
제20과 ·· 90
제21과 ·· 91
제22과 ·· 92
제23과 ·· 95
제24과 ·· 96
제25과 ·· 98
제26과 ·· 100
제27과 ·· 101
제28과 ·· 102
제29과 ·· 103
제30과 ·· 104

제31과 ·· 105

제32과 ·· 106

제33과 ·· 107

제34과 ·· 108

제35과 ·· 110

제36과 ·· 112

제37과 ·· 114

제38과 ·· 116

제39과 ·· 118

제40과 ·· 120

제41과 ·· 122

제42과 ·· 124

제43과 ·· 126

제44과 ·· 128

제45과 ·· 130

제46과 ·· 132

제47과 ·· 134

부 록 ·· 137

1

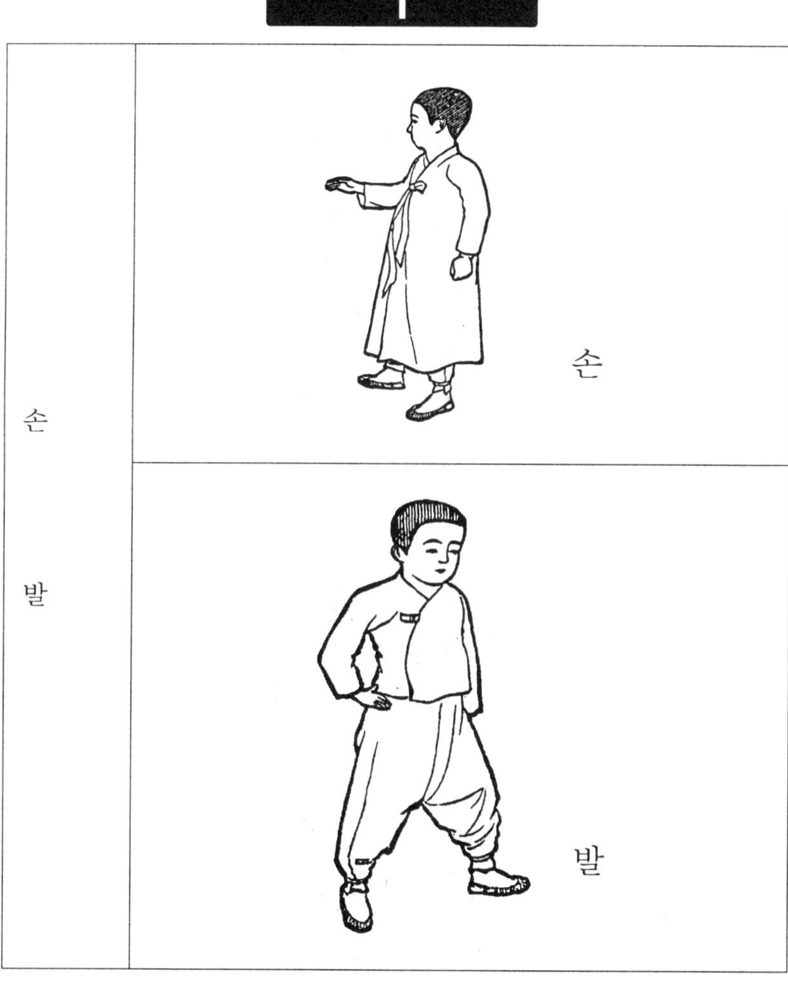

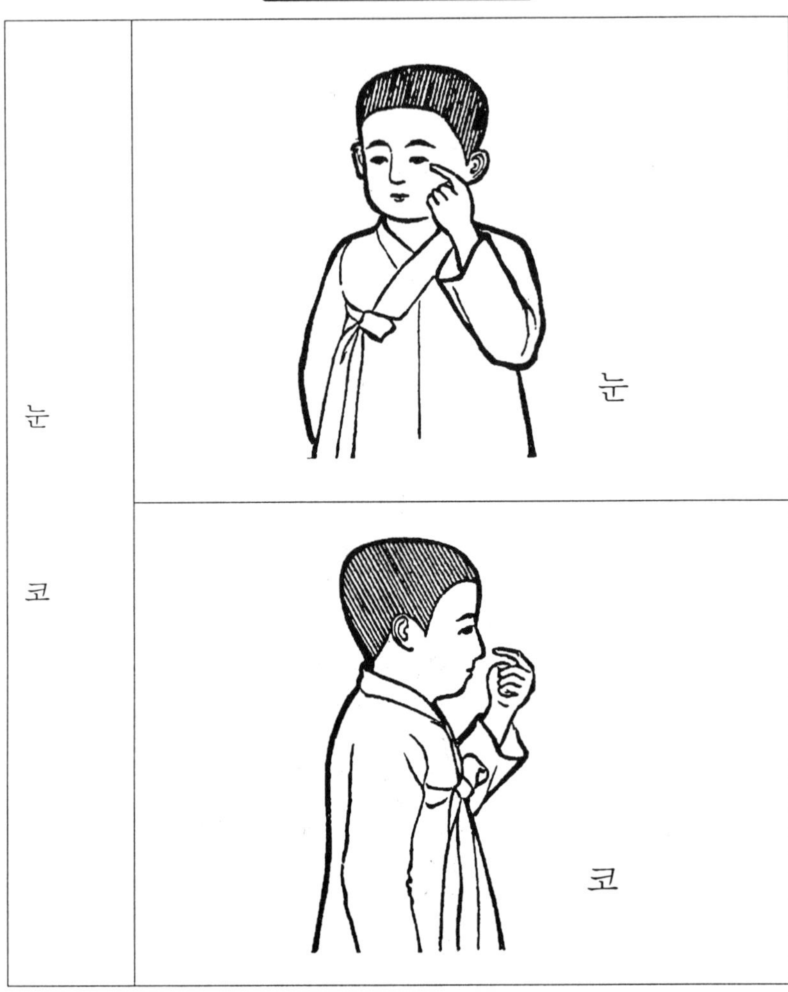
2
눈
코
눈
코

3

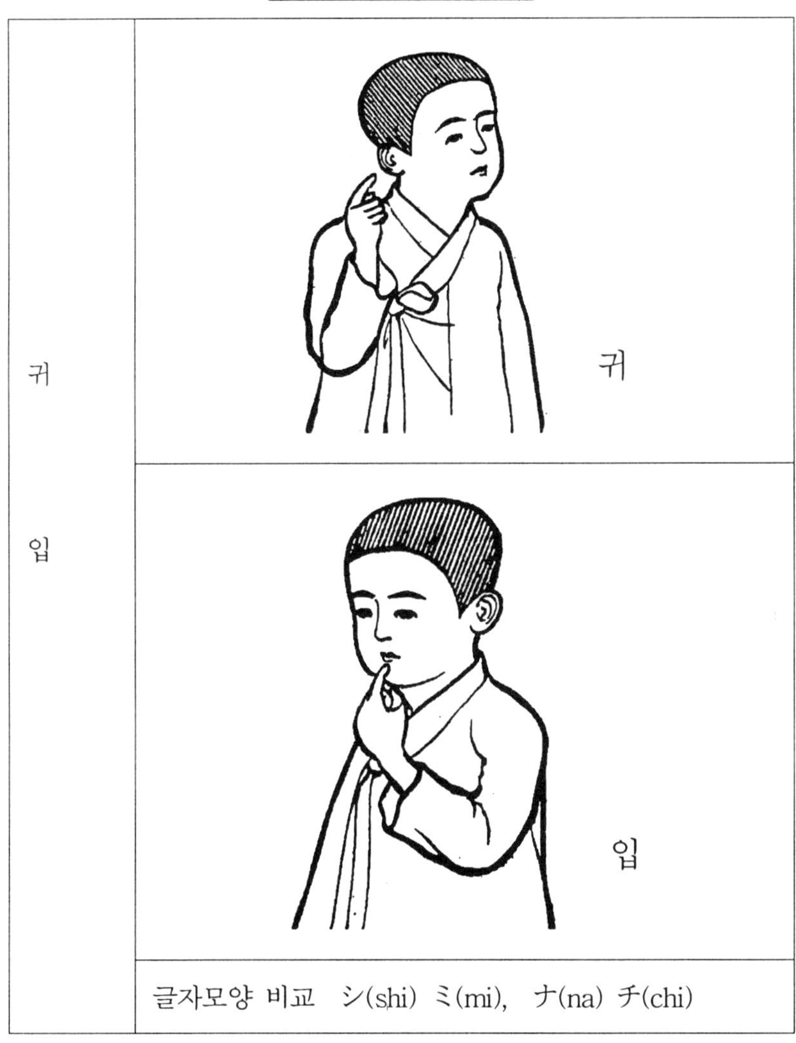

글자모양 비교 シ(shi) ミ(mi), ナ(na) チ(chi)

연습

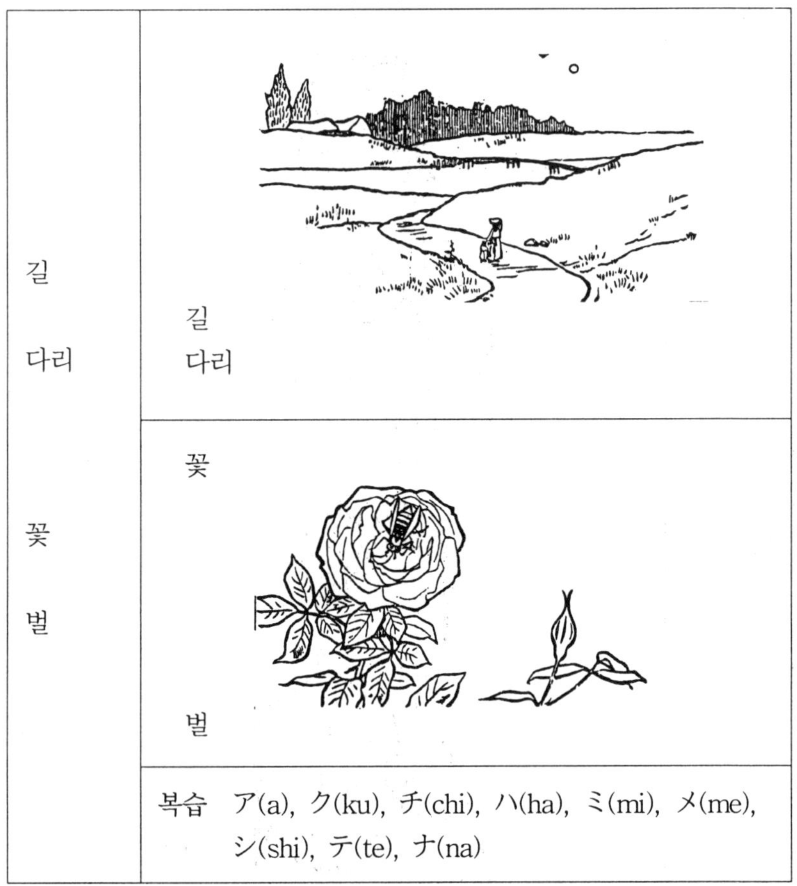

길 다리 꽃 벌	복습　ア(a), ク(ku), チ(chi), ハ(ha), ミ(mi), メ(me), シ(shi), テ(te), ナ(na)

4

<table>
<tr><td rowspan="2">종이
붓

먹
벼루

~와(과)</td><td>종이 붓
먹 벼루
종이 와 붓
먹 과 벼루
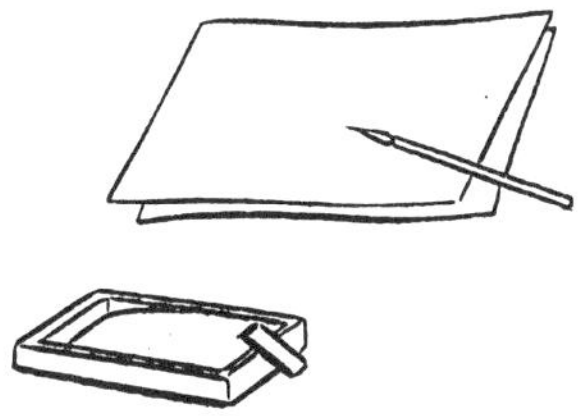</td></tr>
<tr><td>글자모양 비교　フ(hu) ス(su), ク(ku) リ(ri)
발음연습　ス(su)　ズ(zu), テ(te) デ(de)</td></tr>
</table>

연습

배
가지

거북이
붕어

배 와 가지

거북이 와 붕어

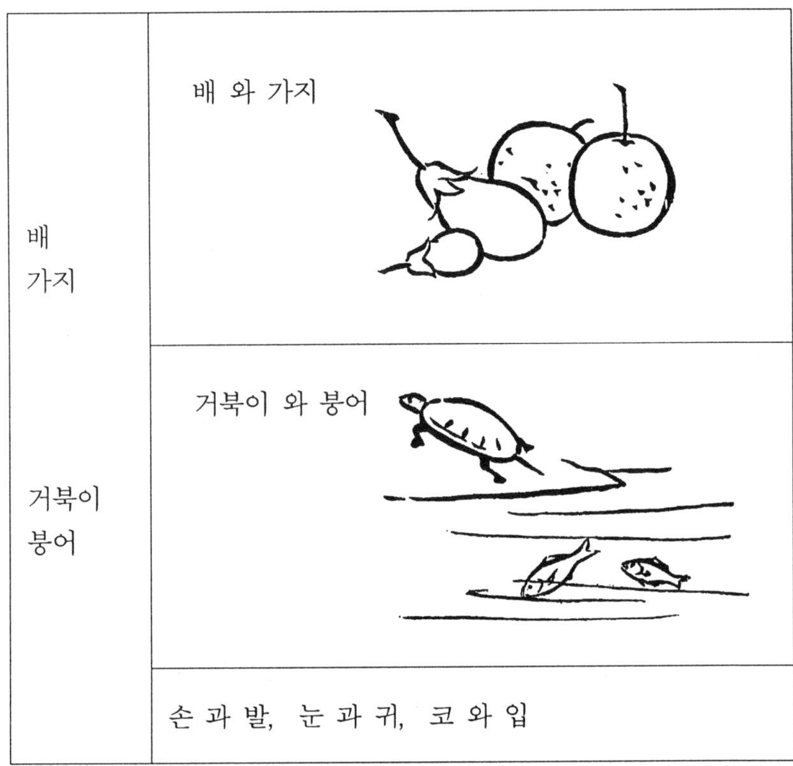

손 과 발, 눈 과 귀, 코 와 입

5

~이(가) 있습니다 책	붓 이 있습니다. 책 이 있습니다. 붓 과 책 이 있습니다.

글자모양 비교 ア(a) マ(ma), ン(n) シ(shi)
발음연습 カ(ka) ガ(ga)

연습

<table>
<tr><td rowspan="3">항아리
솥

콩
되</td><td>항아리

솥
</td></tr>
<tr><td>콩 이 있습니다.
되 가 있습니다.
 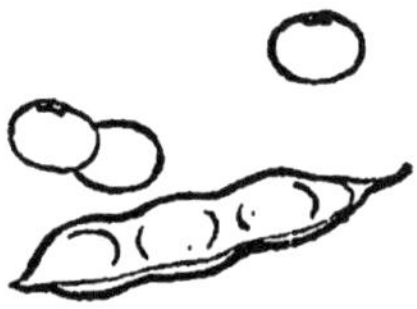</td></tr>
<tr><td>복습 カ(ka), フ(hu), デ(de), が(ga), ト(to), リ(ri),
ス(su), ズ(zu), マ(ma), ホ(ho), ン(n)</td></tr>
</table>

6

<table>
<tr><td>

~을(를)

폅니다

읽습니다
닫습니다

</td><td>

책 을 폅니다.
책 을 읽습니다.
책 을 닫습니다.

</td></tr>
</table>

글자모양 비교　チ(chi), ケ(ke)
발음연습　シ(shi), ジ(zi)

연습

문

닫습니다

문 이 있습니다.

문 을 엽니다.

문 을 닫습니다.

7

선생님 학생 있습니다 인사 하고 있습니다	선생님 과 학생 이 있습니다. 학생 이 인사 를 하고 있습니다. 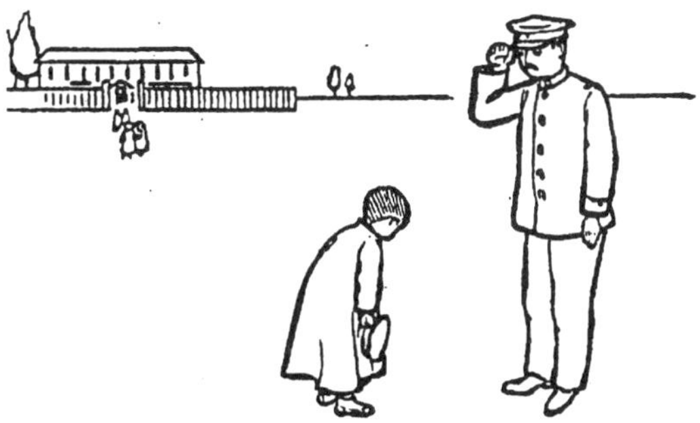

발음연습　イ(i), リ(ri)

연습

사슴 이 있습니다.

매미 가 있습니다.

사슴
매미
물

붓고 있습
니다

물 을
붓고
있습니다.

8

<table>
<tr><td rowspan="2">일어 서십시오

섰습니다

허리

앉으십시오</td><td>일어 서세요.
섰습니다.
앉으시오.
앉았습니다.

</td></tr>
<tr><td>글자모양 비교　ク(ku) タ(ta), コ(ko)ヨ(yo)
ナ(na) サ(sa)</td></tr>
</table>

9

드십시오

내리십시
오

손 을 드세요.
손 을 들었습니다.

손 을 내리세요.
손 을 내렸습니다.

글자모양 비교 그(ko) ㅁ(ro)
발음연습 ケ(ke) ゲ(ge)

연습

가십시오 정리하십 시오	책 을 펴 시오. 책 을 읽 으시오. 물 을 넣 으시오. 먹 을 가 시오. 벼루 를 치우 시오.
	복습 ヲ(wo), ケ(ke), ヨ(yo), ジ(zi), セ(se), イ(i), レ(re), タ(ta), サ(sa), コ(ko), ゲ(ge), オ(o), ロ(ro)

10

당신

이것

알겠습니까?

예,

아니오,
모르겠습니다

당신! 이것 을
알겠습니 까?
예, 알겠습니다.
당신! 이것 을
알겠습니 까?
아니오, 모르겠습니다.

연습

읽을 수 있습니다	당신! 이것 을 읽을 수 있습니 까? 예, 읽을 수 있습니다. 당신! 이것 을 읽을 수 있습니 까? 아니오, 읽을 수 없습니다.

11

칠판 ～에 글씨 씁니다 분필 ～로 칠판닦이 닦습니다	칠판 에 글 을 씁니다. 분필 로 씁니다. 칠판닦이 로 닦습니다.

발음연습 イ(i), ニ(ni), リ(ri)

머리
얼굴
참새
비둘기

게
조개
잉어
감
밤

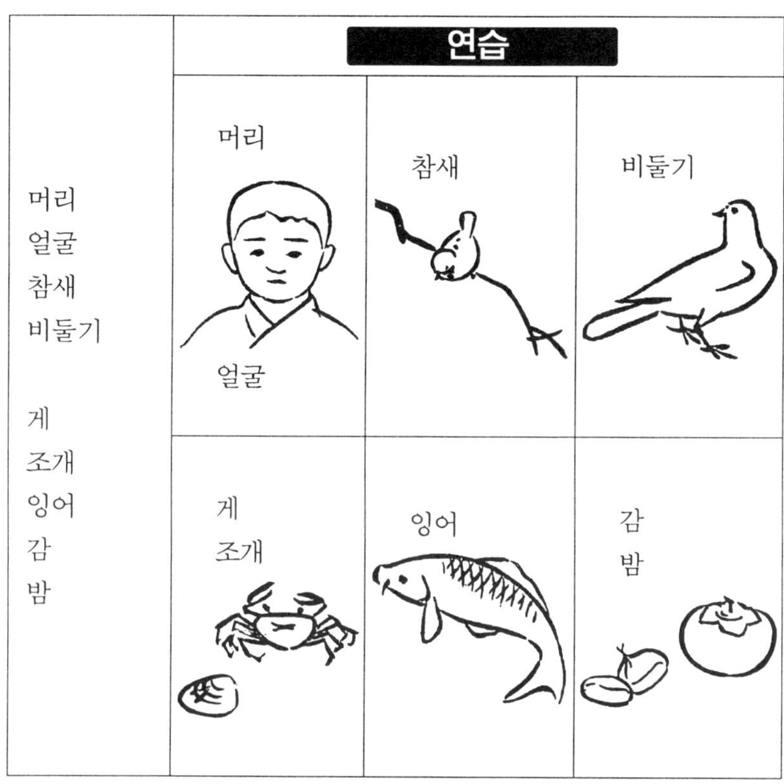

12

남자아이
여자아이
모두

밖

놀고 있습니
다

좋은
날씨입니다

남자아이
여자아이
모두 밖 에서
놀고 있습니다.
좋은 날씨입니다.

글자모양 비교　ノ(no),　メ(me)

바늘 실 보자기 가위 거울 면도기	**연습**	
	바늘 실	보자기
	가위	거울 면도기

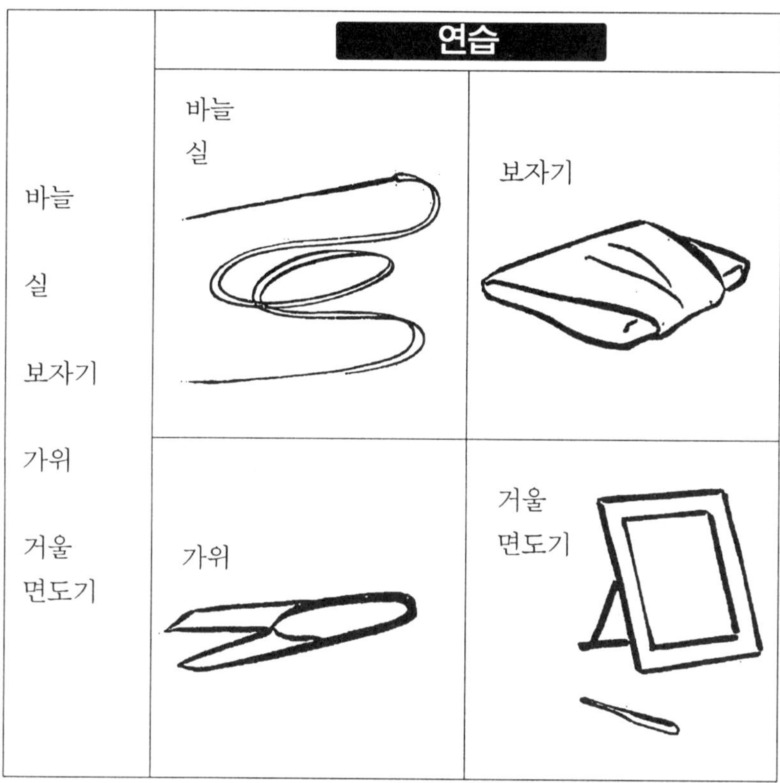

13

의자 결상

책상 괘도

괘도 에
백합 꽃 이
그려져 있습니다.

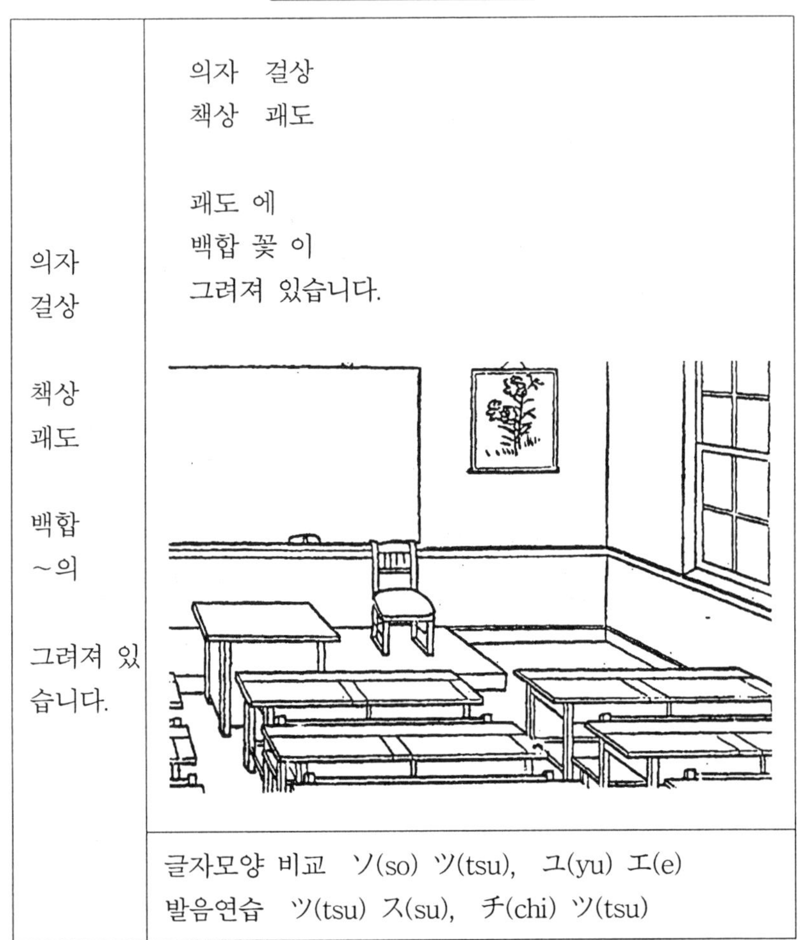

의자
결상

책상
괘도

백합
~의

그려져 있
습니다.

글자모양 비교　ソ(so) ツ(tsu),　ユ(yu) エ(e)

발음연습　ツ(tsu) ス(su),　チ(chi) ツ(tsu)

연습

집
마당
풀
나무
뽕
잎
누에
누에고치

집
마당
풀
나무

뽕나무 잎
누에
누에고치

복습 ワ(wa), エ(e), バ(ba), ニ(ni), キ(ki), ボ(bo),
ツ(tsu), ユ(yu), ノ(no), ソ(so)

14

<table>
<tr>
<td>여러분

자
지시봉

가리킵니다.

읽어 보세요.</td>
<td>여러분!
알았습니 까?
자! 지시봉 으로
가리키겠습니다.
읽어 보세요.

</td>
</tr>
<tr>
<td></td>
<td>글자모양 비교 ラ(ra) テ(te) ヲ(o)
발음연습 ナ(na) ラ(ra), コ(ko) ゴ(go)</td>
</tr>
</table>

연습

알았습니 까?

알았습니다.

읽어 보 시오.

읽었습니다.

글 을 써 보 시오.

썼습니다.

15

석판(石版)　석필(石筆)
석판(石版)닦이
주머니칼
모두 책상
위 에 있습니다.

석판
석필
석판닦이

주머니칼

위

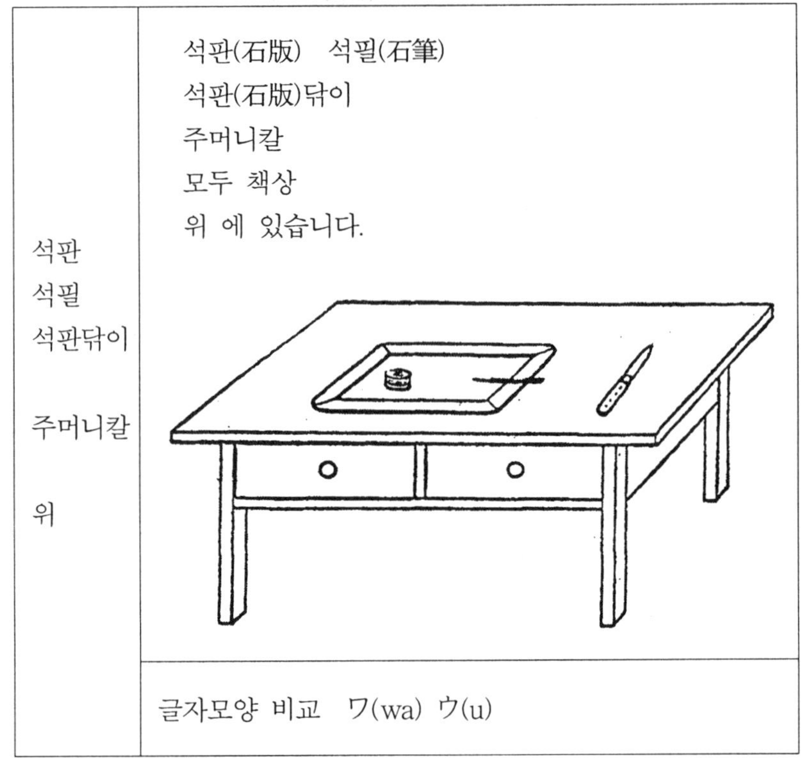

글자모양 비교　ワ(wa) ウ(u)

연습

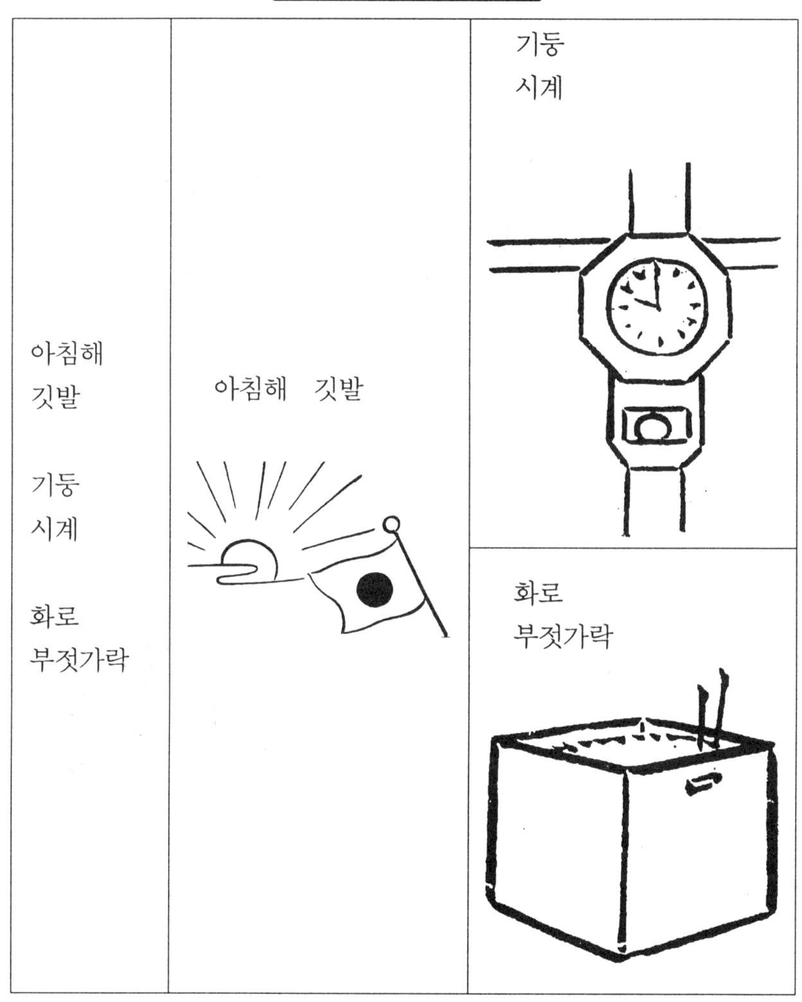

아침해
깃발

기둥
시계

화로
부젓가락

<table>
<tr>
<td rowspan="2">곰
호랑이

소

말

까마귀

제비
닭</td>
<td>곰
호랑이
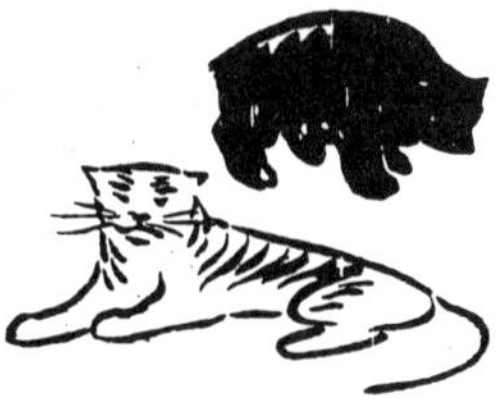</td>
<td>소
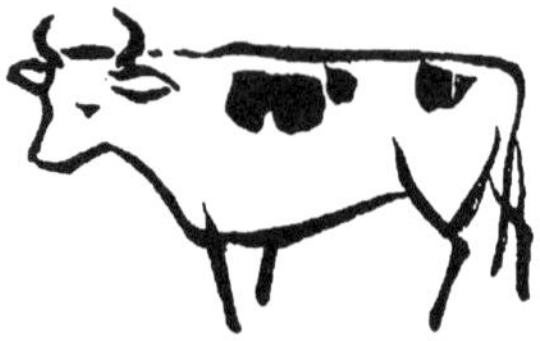</td>
</tr>
<tr>
<td>말
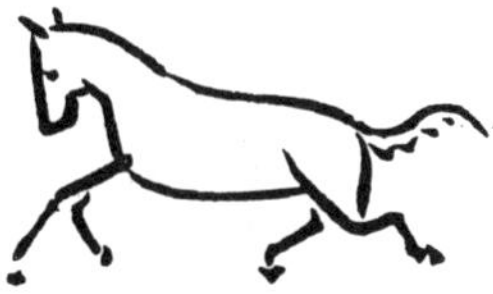</td>
<td>까마귀
제비
닭
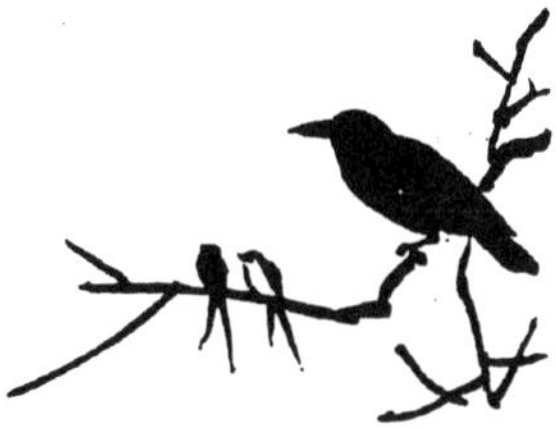
</td>
</tr>
</table>

16

긴 담
높은 문
문 으로 들어옵니다.
문 으로 나옵니다.

길다
담

높다
문

~으로

들어갑니
다
나옵니다

발음연습　ヒ(hi)，　ヘ(he)

17

하얀 개 가
마당 에 있습니다.
검은 고양이 가
툇마루 에 있습니다.

하얗다
개

검다
고양이

툇마루

글자모양 비교　ㅈ(nu)　ㅈ(su)
발음연습　レ(re)　ネ(ne)

18

지붕 소나무 아래 두루미	지붕 위 에 비둘기 가 있습니다. 소나무 아래 에 두루미 가 있습니다.  글자모양 비교　レ(re)　ル(ru) 발음연습　マツ(matsu)　マス(masu), ツル(tsuru), 　　　　　スミ(sumi)

연습

산
내

대추
호두
복숭아

벼
짚
쌀

산
강
대추
호두
복숭아
벼
짚
쌀

復習　ム(mu), ゴ(go), ラ(ra), ヒ(hi), ウ(u), ヘ(he),
モ(mo), ヌ(nu), ネ(ne), ヤ(ya), ル(ru)

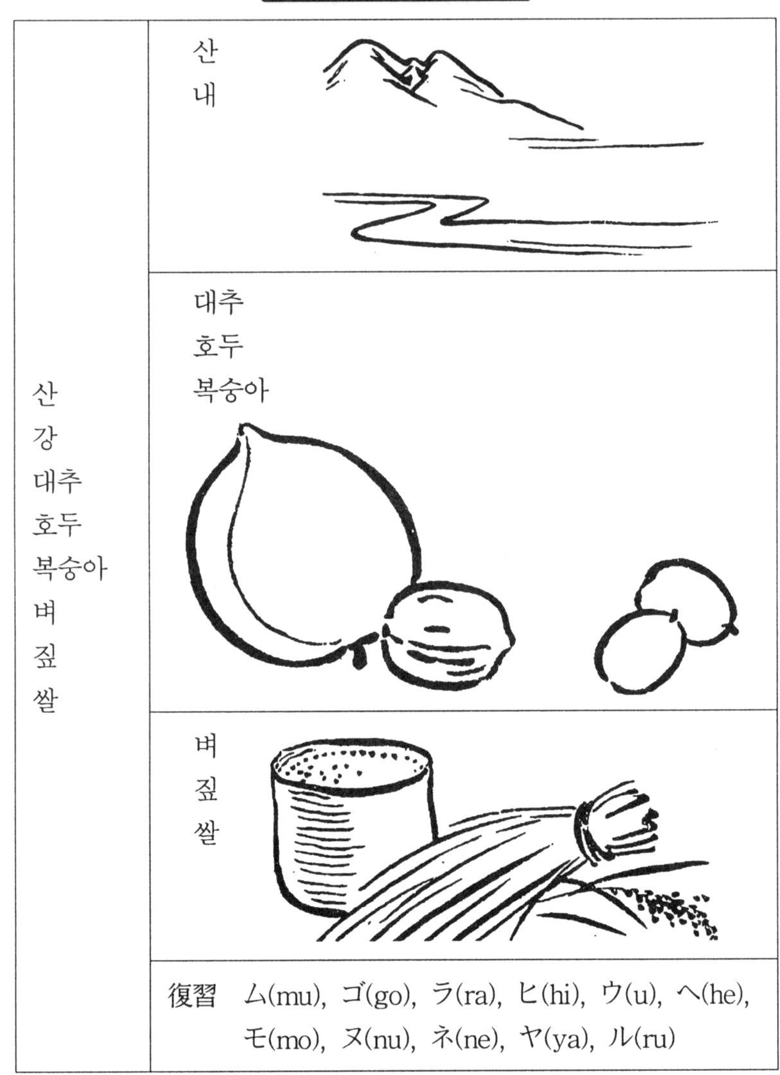

19

아버지

어머니

남동생
여동생

앉아 있습
니다
아무도
서있지 않
습니다

아버지
어머니
남동생　여동생
모두 앉아 있습니다.
아무 도 서 있지 않습니다.

발음연습　夕(ta)　ダ(da)

20

돌
하나
둘
셋
넷
다섯
여섯
일곱
여덟
아홉
열

돌 이 있습니다.
하나 둘 셋
넷 다섯 여섯
일곱 여덟 아홉
열
모두 열개 있습니다.

21

철쭉 피어 있습 니다 아름답습 니다 몇 개 세어 보세 요	철쭉 꽃 이 피어 있습니다. 아름답습니다. 몇개 피어 있습니 까? 세어 보 세요. 

22

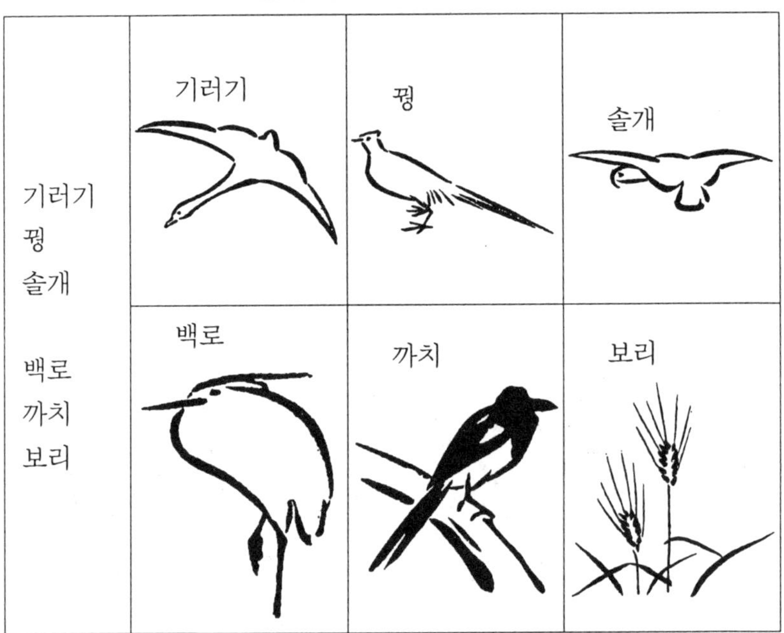

| 은행
석류
포도

무
인삼
모자 | 은행  | 석류  | 포도  |
| | 무  | 인삼  | 모자  |

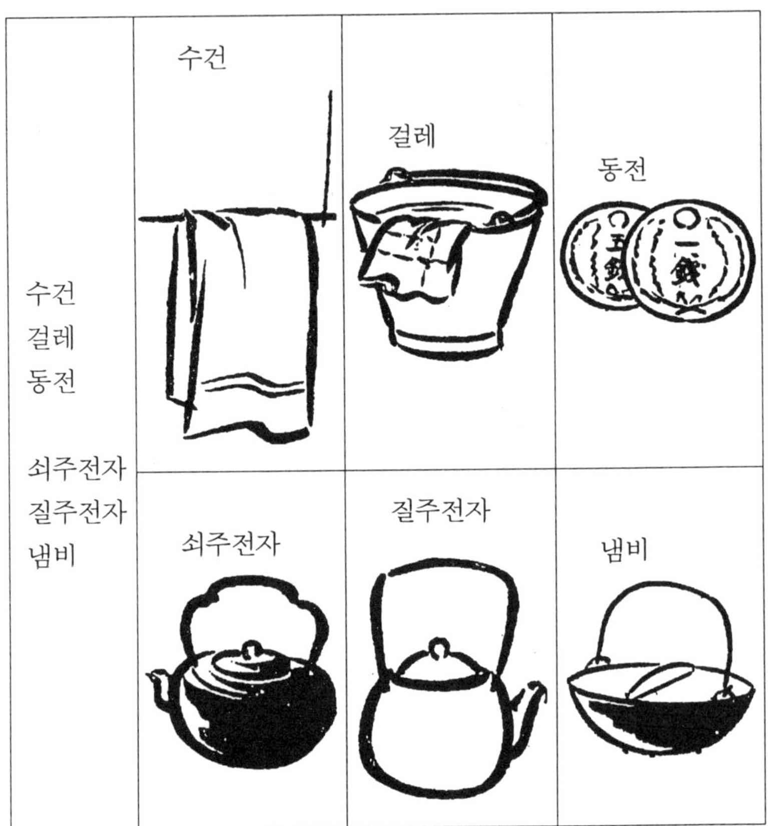
수건
걸레
동전
쇠주전자
질주전자
냄비
수건
걸레
동전
쇠주전자
질주전자
냄비

23

수건 으로
얼굴 을
닦습니다.

쌉니다

보자기 로
책 을
쌉니다.

24

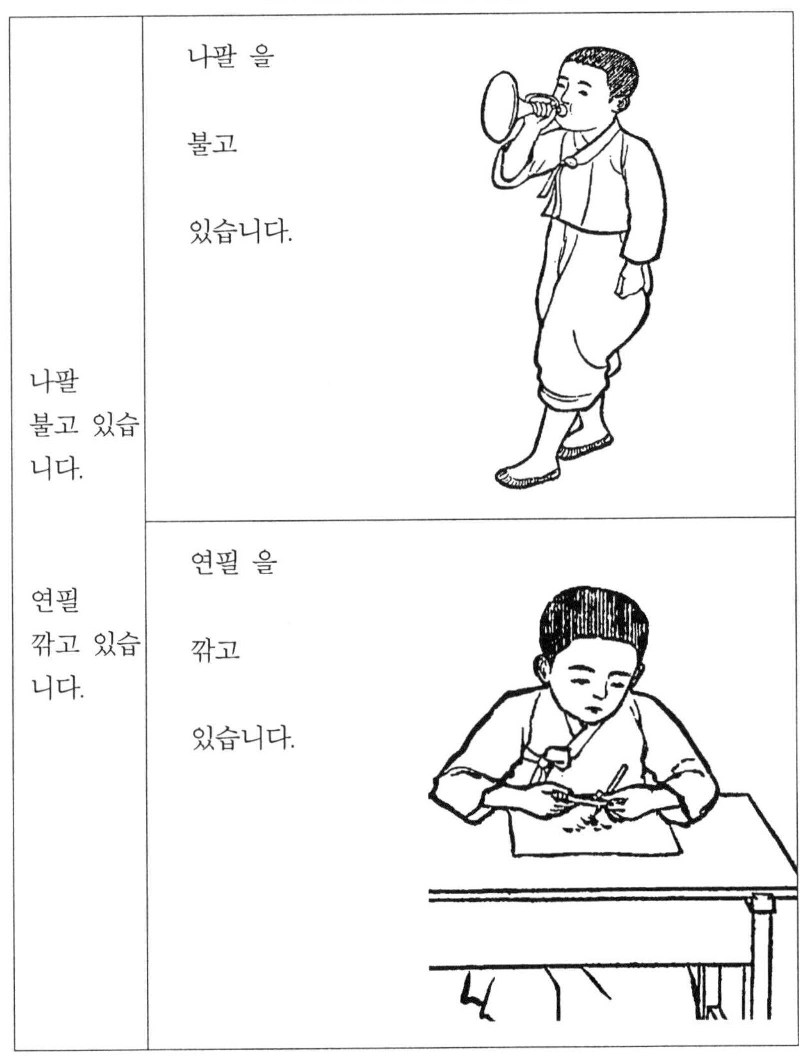

나팔 을

불고

있습니다.

나팔
불고 있습
니다.

연필
깎고 있습
니다.

연필 을

깎고

있습니다.

<table>
<tr><td>

램프
불
붙였습니
다

한 번
총
쐈습니다

</td><td>

램프 에 불 을

붙였습니다.

한 번 에 붙였습니다. 

총

을

쐈습니다. 

</td></tr>
</table>

25

세로	여러분! 이것 을 세로 로 읽 으세요.	ア (a)	カ (ka)	サ (sa)	タ (ta)	ナ (na)
		イ (i)	キ (ki)	シ (shi)	チ (chi)	ニ (ni)
		ウ (u)	ク (ku)	ス (su)	ツ (tsu)	ヌ (nu)
		エ (e)	ケ (ke)	セ (se)	テ (te)	ネ (ne)
		オ (o)	コ (ko)	ソ (so)	ト (to)	ノ (no)
		ガ (ga)	ザ (za)	ダ (da)		
		ギ (gi)	ジ (zi)	ヂ (zi)		
		グ (gu)	ズ (zu)	ヅ (zu)		
		ゲ (ge)	ゼ (ze)	デ (de)		
		ゴ (go)	ゾ (zo)	ド (do)		

가로 그리고 보지않고 외우세요	가로 로 읽 으세요. 그리고 보 지 않 고 외 우세요.	ハ (ha)	マ (ma)	ヤ (ya)	ラ (ra)	ワ (wa)	ン (n)
		ヒ (hi)	ミ (mi)	イ (i)	リ (ri)	ヰ (i)	
		フ (hu)	ム (mu)	ユ (yu)	ル (ru)	ウ (u)	
		ヘ (he)	メ (me)	エ (e)	レ (re)	ヱ(e)	
		ホ (ho)	モ (mo)	ヨ (yo)	ロ (ro)	ヲ (o)	

バ(ba)	パ(pa)
ビ(bi)	ピ(pi)
ブ(bu)	プ(pu)
ベ(be)	ペ(pe)
ボ(bo)	ポ(po)

26

형 ~은(는) 누나 그림 나 그것 보고 있습니다	형 은 책 을 읽고 있습니다. 누나 는 그림 을 그리고 있습니다. 나 는 그것 을 보고 있습니다. 

27

나뭇가지 앉아 있습 니다 어린이	까마귀 는 나무 가지 에 앉아 있습니다. 어린이 와 개 는 나무 아래 에서 놀고 있습니다.

28

한 장 두 장 세 장 한 권 네 권	종이 가 있습니다. 한 장 두 장 세 장 책 이 있습니다. 한 권 두 권 세 권 네 권

연습 一(ichi), 二(ni), 三(san), 四(shi)

29

한 사람 두 사람 세 사람 네 사람 다섯 사람 여섯 사람 일곱 사람 여덟사람 아홉 사람 열 사람	한 사람　두 사람 세 사람　네 사람 다섯 사람　여섯 사람 일곱 사람　여덟 사람　　아홉 사람 열 사람 학생 이 열 사람 있습니다.

연습　四冊(yonsatsu) 四人(yonin), 五(go) 六(roku)
七(shichi) 八(hachi) 九(kyu) 十(zyu)

30

공던지기 경주 줄넘기 한 번 두 번 세 번 넘었습니다	공던지기 경주 줄넘기 한 번 두 번 세 번 네 번 네 번 줄 을 넘었습니다. 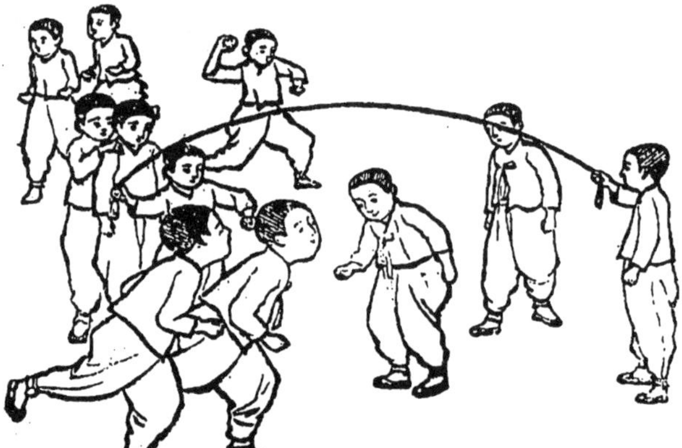

31

쉬는 시간 끝났습니 다 나란히 들어갑니 다 공부 시작되는 것입니다	쉬는 시간 이 끝났습니다. 학생 이 나란히 들어갑니다. 공부 가 시작됩니다.

32

빗자루	빗자루 로
쓸었습니 다	쓸었습니다.
	걸레 로
깨끗하게	닦았습니다.
되었습니 다	깨끗하게
	되었습니다.

33

떴습니다	아침 해 가 떴습니다.
새	새 가
울고 있습 니다	나뭇 가지 에서
사람 밭 ~(으)로	울고 있습니다.
일	사람 이 밭 으로
	일 하러 나갑니다. 

34

몸 똑바로	학생 이 의자 에 앉아 있습니다. 몸 을 똑바로 하고 있습니다.

<table>
<tr><td>

자세

장난

이야기

말씀

잘
듣고 있습
니다

</td><td>

좋은 자세 입니다.
장난 을 하지 않습니다.
이야기 도 하지 않습니다.
선생님 의 말씀 을
잘 듣고 있습니다.

</td></tr>
<tr><td colspan="2">

연습   착한 학생 은 장난 을 하지 않습니다.

</td></tr>
</table>

35

지금 체조 앞 뒤	지금 체조 를 하고 있습니다. 똑바로 서서 앞 을 보고 있습니다. 뒤 를 보지 않습니다.

옆 오른쪽 왼쪽	옆 도 보지 않습니다. 오른 발 을 듭니다. 내립니다. 왼 발 을 듭니다. 내립니다.
연습 집 앞 집 뒤, 오른 손 왼 손	

36

쥐 한 마리 두 마리 세 마리 큰 작은	쥐 가 있습니다. 한 마리 두 마리 세 마리 네 마리 네 마리 있습니다. 한 마리 는 큰 쥐 입니다. 세 마리 는 작은 

<table>
<tr>
<td>

무엇
하고 있습
니까?

먹이
찾고
있습니다

</td>
<td>

쥐 입니다.
무엇 을 하고 있습니까?
먹이 를 찾고 있습니다.

연습　말 한 마리, 소 두 마리
　　　개 세 마리, 고양이 네 마리

</td>
</tr>
</table>

37

여기 거기 저기 사람 어디 개(犬)	여기 에 사람 이 있습니다. 거기 에 개 가 있습니다. 저기 에 소 가 있습니다. 사람 은 어디 에 있습니 까? 사람 은 여기 에 있습니다. 개 는 어디 에 있습니 까?

소(牛)	개 는 거기 에 있습니다. 소 는 어디 에 있습니 까? 소 는 저기 에 있습니다. 
	연습 거기 에 무엇 이 있습니 까? 　　　말 이 있습니다.

38

이 색 보세요 첫 번째 빨강(赤) 오렌지 색(色) 노랑	이 색 을 보 세요. 첫 번째 는 빨강 입니다. 두 번째 는 오렌지색 입 니다. 세 번째 는 노랑입니다.

一
二
三
四
五
六
七

녹색 파랑 감색 보라색 어느 좋아합니 다	그리고 네 번째 는 녹색 　다섯 번째 는 파랑, 여섯 번째 는 감색, 일곱 번째 는 보라색 입니다. 　여러분! 　어느 색 을 좋아 합니 까?
	연습　풀색 은 녹색입니다.

39

<table>
<tr><td>

개구리

속(中)

헤엄치고
있습니다

아래(下)
가라앉았
습니다

조금
지나자
다시

</td><td>

개구리 가
물 속 에서
헤엄치고 있습니다.
한 마리 는 지금
아래 로 가라앉았습니다.
조금 지나 자, 다시

</td></tr>
</table>

<table>
<tr><td>

위(上)
떠오릅니
다
둑
~(것)도

눈(目)
손(手)

짚고

</td><td>

위 로 떠오릅니다.
둑에 있는 것도
있습니다.
큰 눈 을 뜨고, 손 을
짚고 앉아 있습니다.

</td></tr>
<tr><td></td><td>

연습 저기 에 사내아이 가 세 사람 헤엄치고 있습니다.

</td></tr>
</table>

40

하늘 이 흐려서
해 가
보이지 않습니다.
비 가 많이
내립니다.
바람 도 붑니다.

하늘
흐려서

해

보이지 않
습니다

비
많이
내립니다

바람
붑니다

번개 가
칩니다.
천둥 이
칩니다.

번개

칩니다

천둥

칩니다

연습 비 도 내리지 않습니다. 바람 도 불지 않습니다.
하늘 에 해 가 보입니다.

41

비(雨) 내려서 물(水) 불었습니 다 위험하니 까 강(川)	비 가 내려서 강 물 이 많이 불었습니다. 위험하니 까, 강 속 에 들어가지 않습니다.

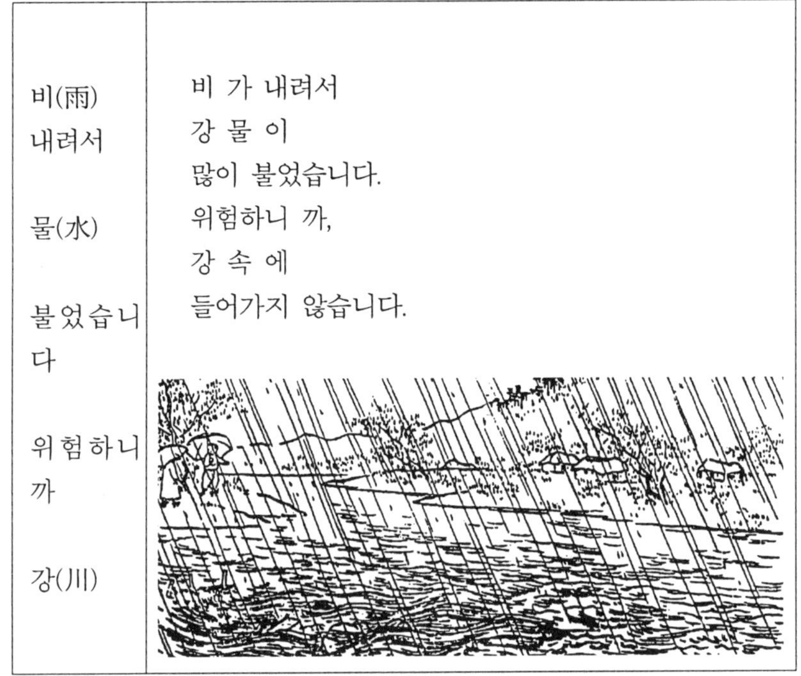

들어가다 떠내려갑 니다 여러 가지 물건 떠내려 옵 니다	들어가 면 떠내려갑니다. 보 세요, 여러 가지 물건이 떠내려 옵니다.
	연습 물 이 불었 으므로, 강 안으로 들어가지 않습 니다. 강 에 여러 가지 물건 이 떠내려 옵니다.

42

그

어느 새 가
닭 입니 까?
이 새 입니다.
어느 새 가
참새 입니 까?
그 새입니다.

저

버드나무
나무

어느 것

저것

제비 는 어느
새 입니 까?
저 새 입니다.
버드나무 는
어느것 입니 까?
저것 입니다.

연습 어느 이 그 저, 어느 것 저것

43

이쪽 그쪽 잠자리 날고 있습 니다 저쪽	이쪽 에도 그쪽 에도 잠자리 가 날고 있습니다. 저쪽 에도 한 마리 

어느 쪽 제일	날고 있습니다. 어느 쪽 에도 날고 있습니다. 어느 것이 제일 큰 잠자리 입니 까?
	연습 이쪽 에도 저쪽 에도, 그쪽 에도 잠자리 가 날 고 있습니다. 너느쪽이나 날고 있습니다.

44

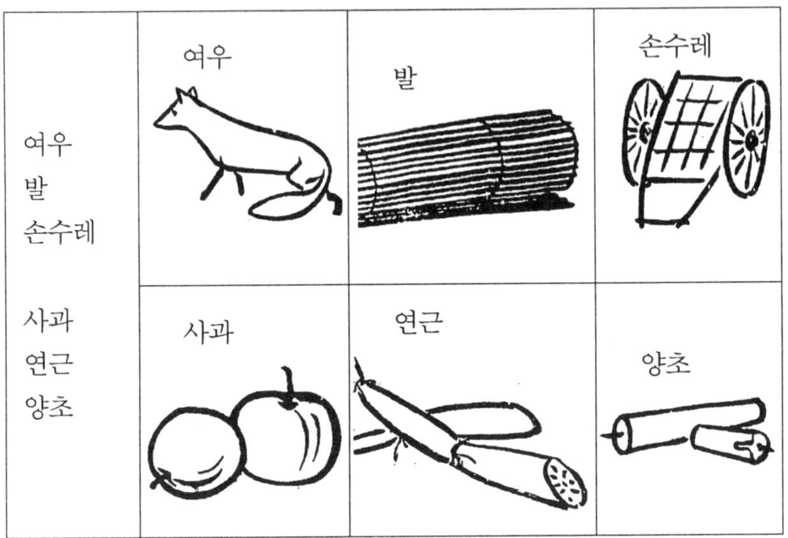

여우 발 손수레 사과 연근 양초	여우	발	손수레
	사과	연근	양초

발음연습

イス(isu)　イツ(itsu),　スキ(suki)　ツキ(tsuki)

イシ(ishi)　ニシ(nishi),　イワ(iwa)　ニワ(niwa)

ナン(nan)　ラン(ran)　ダン(dan)

ニン(nin)　リン(rin)　イン(in)

ヌス(nusu)　ルス(rusu)　ユス(usu)

ネイ(nei)　レイ(rei)　デイ(dei)

ノウ(nou)　ロウ(rou)　ドウ(dou)

45

가지고 있 습니다 몇 자루	당신 은 연필 을 가지고 있습니 까? 예, 가지고 있 습니다. 몇 자루 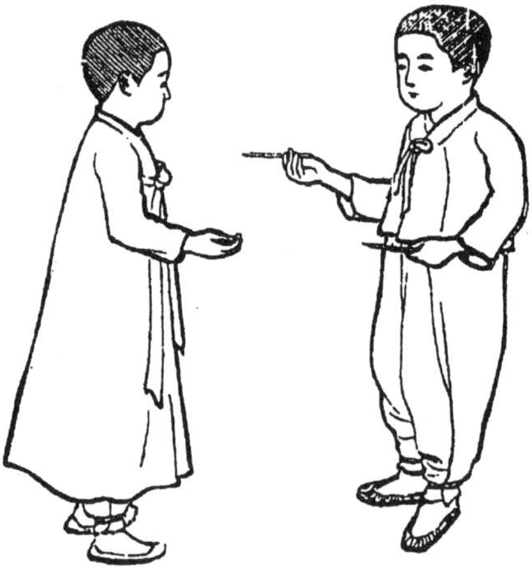

<table>
<tr><td>두 자루

한 자루
빌려 주십
시오.
빌려 드리
겠습니다</td><td>가지고 있습니 까?
두 자루 가지고 있습니다.
한 자루 빌려 주십시오.
예, 빌려 드리겠습니다.</td></tr>
<tr><td>세 자루</td><td>**연습**

지시봉 한 자루, 붓 두 자루, 바늘 세 개
쥐 가 몇 마리 있습니 까?
다섯 마리 있습니다.</td></tr>
</table>

46

토끼
빨리

달립니다

천천히
깁니다

토끼 는 빨리
달립니다.
거북이 는 천천히 깁니다.
토끼 와 거북이 가
경주 를 했습니다.

쉬고 있었 습니다 쉬지 않고 갔습니다 이겼습니 다 졌습니다	토끼 는 길 에서 쉬고 있었습니다. 거북이 는 쉬지 않고 갔습니다. 거북이 는 이겼습니다. 토끼 는 졌습니다.

47

어떻게	여러분! 토끼 와 거북이 가 무엇 을 했습니 까? 달리기 시합 을 했습니다. 거북이 는 어떻게 하고 갔습니 까? 쉬지 않고 갔습니다.

어느 쪽 왜	토끼 는 어떻게 하고 있었습니 까? 쉬고 있었습니다. 어느쪽 이 이겼습니 까? 거북이 가 이겼습니다. 왜 거북이 가 이겼습니 까? 쉬지 않고 갔기 때문에

이겼습니다.
왜 토끼 가 졌습니 까?
쉬고 있었기 때문에
졌습니다.

초등학교 일본어독본 권1(1학년 1학기용) 끝

附 錄

<二十八> ： 一(ichi), 二(ni), 三(san), 四(shi), 一サツ(issatsu)
<二十九> ： 四ニン(yonin), 五(go), 六(roku), 七(shichi)
　　　　　　八(hachi), 九(kyu), 十(zyu)
<三十六> ： 大キナ(o:kina), 小サナ(chi:sana)
<三十七> ： 人(hito), 犬(inu), 牛(ushi)
<三十八> ： 赤(aka), 色(iro),
<三十九> ： 中(naka), 下(shita), 上(ue), 目(me), 手(te)
<四十> 　 ： 日(hi)
<四十一> ： 雨(ame), 水(mizu), 川(kawa)
<四十二> ： 木(ki)
<四十五> ： 二本(nihon), 一本(ippon), 三本(sanbon)

다이쇼 원년(1912) 12월 13일 인쇄
다이쇼 원년(1912) 12월 15일 발행   정가 금6전
다이쇼　4년(1915) 12월 15일　7판

조선총독부

총무국인쇄소인쇄

大正元年十二月十三日印刷
大正元年十二月十五日發行
大正四年十二月十五日七版

定價金六錢

朝鮮總督府

總務局印刷所印刷

조선총독부 편찬
『초등학교 일본어독본』 Ⅱ권
제1학년 2학기(1915)

普通學校國語讀本 卷二

朝鮮總督府編纂

【머리말】

1. 이 책은 초등학교 제1학년 2학기의 일본어과 교과서이다.

2. 이 책의 각과(各課)는, 연습(練習)을 포함하여 대략 3-4시간으로 교수(敎授)해야 할 예정이지만 교사는 편의상 참작을 하여 학생 능력에 적당토록 할 것을 도모해야 한다.

3. 이 책의 기재사항은 학생한테 잘 이해시키고, 또한 언어 또는 문장으로 명료하게 이를 표출시킬 것.

4. 이 책의 각과는 실물(實物), 동작(動作), 회화(繪畫) 등에 의해 직관적(直觀的)으로 가르치고, 편의상 일본어로 설명하고 필요한 경우에 한하여 한국어로 대역(對譯) 또는 해석(解釋)하여 충분히 그 의의(意義)를 이해시킬 것.

5. 특히 삽화(揷畫)는 많이 넣어 직관적(直觀的) 교육의 재료(材料)로 한다.

6. 이 책의 각과를 가르치기 위하여 본문의 읽는 법, 해석 등에 들어가기 전에 필요에 따라서 그 과의 내용에 대하여 미리 문답 또는 설명을 행하여야 한다. 그리고 문답 또는 설명을 행할 시에는 가능한 한 일본어를 사용할 것.

7. 신출단어(新出單語)는 모두 윗칸에 넣었는데, 신출문자(新出文字)에는 방점(傍點) ● 을 붙이고 같은 한자(漢字)에 달리 읽는 단어에는 방선(傍線) — 을 붙였음.

8. 연습문제는 이 책에 실린 것 외에 필요에 따라서 보완할 것.

9. 교사는 단지 이 책에 실린 언어를 가르치는데 만족하지 말고, 때에 따라서 보완하고 학생의 어휘를 풍부하게 하는데 힘써야 할 것이다. 그리하여 이미 배운 언어는 끊임없이 사용케 하고, 특히 교실용어 같은 것은 가능한 한 일본어를 사용케 할 것.

10. 권말(卷末)의 부록(附錄)은 학생으로 하여금 예습이나 복습 때, 이용할 수 있게 한다.

다이쇼 원년(1912)년 12월 조선총독부

권2 [1학년 2학기, 1915] 목 차

1. 아침 ································ 149
2. 아침인사 ····························· 152
3. 밤 줍기 ····························· 155
4. 달 ································ 158
5. 닭 ································ 161
6. 나뭇잎 ····························· 164
7. 손님 ······························ 168
8. 순사 ······························ 171
9. 사방 ······························ 175
10. 친절한 어린이 ························ 178
11. 오전과 오후 ························ 181
12. 거리 ····························· 184
13. 복동이네 집 ························ 187
14. 눈 ······························ 191
15. 눈사람 ····························· 194
16. 강아지 ····························· 197
17. 형과 동생 ························· 200
18. 신년 ····························· 203
19. 일장기 ····························· 207
20. 천황폐하 ··························· 210
21. 어머니 ····························· 213
22. 달 세는 법 ························· 216
23. 얼음 위 ··························· 219
24. 돼지 ····························· 222
25. 수건 ····························· 225
26. 새는 몇 마리? ······················ 228
27. 연 ······························ 231
28. 그림책 ····························· 135
29. 모모타로 (1) ······················ 238
30. 모모타로 (2) ······················ 241
31. 모모타로 (3) ······················ 245
　부　록 ······························ 249

1. 아침

아침

닭은 벌써 닭장에서 내려왔습니다.
참새는 처마에서 지저귀고 있습니다.
동쪽 하늘이 붉어졌으므로

벌써
닭장
내려왔습니
다
처마
지저귀고 있
습니다
동쪽
붉게

곧
떠오르겠지
요
참으로
기분 좋다
늦잠
해 서 는 안
됩니다

곧 아침해가 떠오르겠지요.
  아침은 참으로 기분 좋습니다.
  여러분 늦잠을 자서는 안 됩니다.

연습

다음 문장 한자 가나 것 이야기하 세요	1. 다음 글을 읽으시오. 이 강에는 붕어가 있겠지요. 강 안에 들어가면 위험하겠지요. 2. 다음 한자의 읽는 법을 쓰시오. 日(해, hi) 東(동쪽, higashi) 心(마음, kokoro) 上ル(오르다, nobo-ru) 下リ(내려감, o-ri) 3. 다음을 이야기하시오. 그리고 그것을 글로 쓰시오. 닭과 참새는 어떻게 하고 있습니까? 동쪽 하늘은 어떻게 되었습니까?

2. 아침인사

인사

학교
운동장
학생
많이
지금
선생님
안녕하십니
까

여기는 학교 운동장입니다.
학생들이 많이 있습니다.
지금 한 명의 학생이 선생님께 인사를 하고 있습니다.
"선생님 안녕하십니까?"

다른 모두 하였습니다	다른 학생들도 모두 인사를 하였습니다.

연습

1. 학생들은 어디에 있습니까?

2. 누가 인사를 하고 있습니까?

3. 어떻게 인사를 하였습니까?

4. 다음 한자의 읽는 법을 쓰시오.

    學校(학교, gakkou)
    先生(선생님, sensei)
    生徒(학생, seito)

3. 밤 줍기

밤 줍기

많이
떨어져 있습
니다
함께
주웁시다

여러분! 여기 보세요. 밤이 많이 떨어져 있습니다.
자! 모두 함께 주웁시다.
거기에도 떨어져 있습니다.

집 돌아가면 …(이)랑 드립시다 나눠 줍시다	여기에도 떨어져 있습니다. 많이 주웠습니다. 집에 돌아가면 아버지랑 어머니께 드립시다. 남동생에게도 여동생에게도 나눠 줍시다.

연습

<table>
<tr>
<td>줍고 나
서 말했
습니다
만드시오</td>
<td>1. 아이들이 무엇을 하고 있습니까?

2. 아이들은 밤을 줍고 나서 뭐라고 말했습니까?
　그것을 글로 쓰시오.</td>
</tr>
</table>

4. 달

달
숲
구름
점점
달려 갔습니
다
완전히
달
보입니다
공
…처럼
아주 둥글다
예쁘지 않습
니까?

숲 위로 달이 나왔습니다.
구름이 점점 저쪽으로 달려갔습니다.
이제 완전히 달이 보입니다.
공처럼 아주 둥근 달입니다.
예쁘지 않습니까?

나와 보세요 달님 둥글게	아버지 어머니 빨리 나와 보세요. 달님이 나왔습니다. 둥글게 둥글게 아주 둥글게 공처럼 아주 둥글게 숲 위로 나왔습니다.

연습

어떤 노래	1. 다음 사항을 말하시오. 그리고 그것을 글로 쓰시오. 달이 어디로 나왔습니까? 구름은 어떻게 되었습니까? 달은 어떻게 되었습니까? 어떤 달입니까? 2. 달 노래를 외워서 말해 보시오.

5. 닭

<table>
<tr><td>

암탉
모이
발견했습니
다
꼬꼬꼬꼬
병아리
부르고 있습
니다
입
삐약 삐약
달려 갑니다

</td><td>

암탉이 모이를 발견했습니다. "꼬꼬 꼬꼬" 울면서 병아리들을 부르고 있습니다.

병아리들은 조그만 입을 열고 "삐약 삐약" 울면서 달려 갑니다.

</td></tr>
</table>

귀엽다
수탉
소리
꼬끼오
노래하였습
니다

귀엽지 않습니까?

　수탉은 지금 큰 소리로 "꼬끼오" 하고 노래하였습니다.

연습

1. 다음 사항을 말하시오. 그리고 그것을 글로 쓰시오.

   암탉은 어떻게 하고 있습니까?
   병아리들은 어떻게 하고 있습니까?
   수탉은 어떻게 하고 있습니까?

2. 다음 글을 읽으시오.

   귀여운 병아리들이 "삐약 삐약" 울면서 달려 갑
   니다.

6. 나뭇잎

떨어집니다 휘날려 팔랑팔랑 길다랗다 빨갛다 노란 섞여 있습니다	나뭇잎이 떨어집니다. 바람에 휘날려 팔랑팔랑 날아 옵니다. 큰 것도 있습니다. 작은 것도 있습니다. 둥근 것도 길다란 것도 있습니다. 그리고 빨간 것이랑 노란 것이랑 여러 가지 것이 섞여 있습니다.

떨어졌다
곳
땅
더욱
추워
지다
떨어져 버려
서
말랐다

　많이 떨어진 곳은 땅도 보이지 않습니다.
　더욱 추워지면 잎이 떨어져 버려서 마른 나무처
럼 됩니다.

그렇지만 봄 따뜻하게 싹	그렇지만 봄이 되어 점점 따뜻해지면 다시 싹이 나옵니다.

연습

1. 나뭇잎이 어떻게 됩니까?

2. 어떤 나뭇잎이 있습니까? 그것을 글로 쓰시오.

7. 손님

손님이 오셨습니다.
아버지는 손님하고 이야기를 하고 계십니다.
누나가 찻잔에 차를 따라

손님
오셨습니다
하고 계십니
다
찻잔
차
따라

가지고 오셨 습니다 놓으셨습니 다 예절 바르시군요 말씀하셨습 니다	가지고 오셨습니다. 그리고 손님앞에 놓으셨습니다. 　손님은 누나에게 　"아주 예절이 바르시군요." 라고 말씀하셨습니다.

연습

하셨습니다	1. 다음 글을 읽으시오. 누나는 손님에게 차를 드리셨습니다. 누나는 예절이 바르십니다. 2. 다음 사항을 말하시오. 그리고 그것을 글로 쓰시오. 누나는 무엇을 하셨습니까? 아버지는 무엇을 하고 계십니까?

8. 순사

순사
무엇
말하고 있습
니다
형
남동생
순사
꾸짖고 있는
것이겠지요

순사가 사람에게 무엇인가 말하고 있습니다. 형과 동생이 이것을 보고 있습니다.

"형님! 저 순사는 사람을 꾸짖고 있는 것일까요?"

가르치고 있 는 것입니다 나쁘다 하지 않다 꾸짖지 않습 니다 하면	"아니 그렇지 않습니다. 저것은 사람에게 길을 가르치고 있는 것입니다. 순사는 나쁜 일을 하지 않은 사람을 꾸짖지 않습니다." "나쁜 일을 하면 꾸짖습니까?" "그렇습니다. 나쁜 일을 하면 꾸짖습니다. 당신도 나쁜 일을 해서는 안됩니다."

연습

1. 순사는 무엇을 하고 있습니까?

2. 둘이서 형과 동생의 이야기를 해 보시오.

3. 한자로 tsuki(달), cha(차), kiiro(황색), aka(빨강)를
   쓰시오.

발음연습

キャ (kya)	ギャ (gya)	シャ (sha)	ジャ (zya)	チャ (cha)	ヂャ (zya)	ニャ (nya)	ヒャ (hya)	ビャ (bya)	ピャ (pya)	ミャ (mya)	リャ (rya)
キュ (kyu)	ギュ (gyu)	シュ (shu)	ジュ (zyu)	チュ (chu)	ヂュ (zyu)	ニュ (nyu)	ヒュ (hyu)	ビュ (byu)	ピュ (pyu)	ミュ (myu)	リュ (ryu)
キョ (kyo)	ギョ (gyo)	ショ (sho)	ジョ (zyo)	チョ (cho)	ヂョ (zyo)	ニョ (nyo)	ヒョ (hyo)	ビョ (byo)	ピョ (pyo)	ミョ (myo)	リョ (ryo)

キウ (kyuu)	ギウ (gyuu)	シウ (shuu)	ジウ (zyuu)	チウ (chuu)	ヂウ (zyuu)	ニウ (nyuu)	ヒウ (hyuu)	ビウ (byuu)	ピウ (pyuu)	ミウ (myuu)	リウ (ryuu)
キョウ (kyou)	ギョウ (gyou)	ショウ (shou)	ジョウ (zyou)	チョウ (chou)	ヂョウ (zyou)	ニョウ (nyou)	ヒョウ (hyou)	ビョウ (byou)	ピョウ (pyou)	ミョウ (myou)	リョウ (ryou)

9. 사방

사방

산
향하여
양손
벌리고 있습
니다
앞
뒤
서쪽

산 위에 아침 해가 떴습니다.
어린이가 해를 향하여 양손을 벌리고 있습니다.
어린이의 앞은 동쪽이고 뒤는 서쪽 입니다.

오른쪽
남쪽
왼쪽
북쪽
	그리고 오른손 쪽은 남쪽이고 왼손 쪽은 북쪽입니다.
	  동쪽과 서쪽과 남쪽과 북쪽을 사방이라 합니다.
	  여러분, 해는 이 어린이의 어느 쪽으로 들어갑니까?

연습

다음 사항을 말하시오. 그리고 그것을 글로 쓰시오.

어린이는 어떻게 하고 있습니까?
동쪽은 이 어린이의 어느 쪽입니까?
서쪽은 이 어린이의 어느 쪽입니까?
남쪽은 이 어린이의 어느 쪽입니까?
북쪽은 이 어린이의 어느 쪽입니까?

10. 친절한 어린이

<table>
<tr>
<td>

친절한
장님
지팡이
짚으면서
걸어 왔습니
다
다리
좁다
위험할 것 같
습니다

</td>
<td>

장님이 지팡이를 짚으면서 길을 걸어 왔습니다. 거기에 다리가 있습니다. 좁은 다리이니까 위험할 것 같습니다.

</td>
</tr>
</table>

세 명 돌아왔습니 다 한 명 끌어 줘야지	지금 학생이 세 명 학교에서 돌아왔습니다. 　학생 한 명이 그 사람의 손을 끌어 주려고 하고 있습니다. 
어린이	친절한 어린이가 아닙니까?

연습

1. 다음 사항을 말하시오. 그리고 그것을 글로 쓰시오.

   장님이 어떻게 하고 있습니까?
   어린이가 어떻게 하고 있습니까?

2. 친절한 어린이의 이야기를 해보시오.

11. 오전과 오후

오전
오후
나와서

해는 동쪽에서 떠서 서쪽으로 집니다.

왔다
때
정오
오전
뒤
오후

해가 남쪽에 왔을 때에는 정오입니다.
정오에서 앞은 오전이고 정오에서 뒤는 오후입니다.

12시간씩 몇 시 일어나서 잡니다 시작하여	오전도 오후도 12시간씩입니다. 여러분은 오전 몇 시에 일어나서 오후 몇 시에 잡니까? 학교는 오전 몇 시에 시작하여 오후 몇 시에 끝납니까?

연습

언제	다음 사항을 말하시오. 정오는 언제입니까? 오전은 언제입니까? 오후는 언제입니까?

12. 거리

거리

집
넓습니다
자동차
타 있다
말
짐수레
끌게 하여 가
다

이 그림을 보세요. 집들이 많이 늘어서 있습니다. 길이 매우 넓습니다.

걷고 있는 사람도 있습니다. 차를 타고 있는 사람도 있습니다. 소나 말에게 짐수레를 끌게 하여 가는 사람도 있습니다.

가게 사고 있습니 다 포목점 옆 쌀가게 번화합니다	사람이 가게에서 무엇인가 사고 있습니다. 저 가게는 포목점입니다. 포목점 옆은 쌀가게입니다. 매우 번화합니다.

연습

1. 다음 사항을 말하시오. 그리고 그것을 글로 쓰시오.

   길에 어떤 사람이 있습니까?
   어떤 가게가 있습니까?

2. 한자로 ie(집), ushi(소), uma(말), niguruma(짐수레)
   를 쓰시오.

3. 이 거리에 대하여 말해 보시오.

13. 복동이네 집

<table>
<tr>
<td>복동
너
편안하십니
다</td>
<td>　선생님 "복동아! 너의 집에서는 아버지도 어머니도 편안하시니?"
　복동 "네, 편안합니다."</td>
</tr>
</table>

할아버지
할머니
두 사람 모
두

선생님 "할아버지도 할머니도 편안하시니?"
복동 "네, 두 분 모두 편안합니다."
선생님 "그 밖에 누가 있니?"
복동 "형과 누나와 여동생과 남동생이 있습니
다."

<table>
<tr><td>그러면

아
틀렸습니다</td><td>선생님 "그러면 모두 몇 명 있니?"
복동 "8 명입니다."
선생님 "8 명이니?"
복동 "아, 틀렸습니다. 9 명입니다."</td></tr>
</table>

연습

1. 선생님과 복동이가 이야기한 것을 말해 보시오.

2. 복동이네 집에는 누구와 누구가 있습니까? 그것을
   글로 쓰시오.

14. 눈

눈

겨울
요즈음
매일
논
밭
새하얗게

벌써 겨울입니다. 요즈음은 눈이 매일 내립니다.
지붕도 길도 논도 밭도 새하얗게 되었습니다.

<table>
<tr><td>

쌓여서
가지
눈
쉬지 않습니
다
기특한

</td><td>

　눈이 쌓여서 나무 가지는 꽃이 핀 것 같습니다. 매우 예쁘지 않습니까?

　어린이들은 지금 눈 속을 걷고 있습니다. 학교에 가는 것입니다.

　이 어린이들은 비가 내려도 눈이 내려도 학교를 쉬지 않습니다.

　기특한 어린이들입니다.

</td></tr>
</table>

연습

1. 다음 사항을 말하시오. 그리고 그것을 글로 쓰시오.

   눈이 내려서 어떻게 되었습니까?
   어린이들은 어떻게 하고 있습니까?

2. 한자로 huyu(겨울), yuki(눈), eda(가지), hata(깃발)
   를 쓰시오.

15. 눈사람

눈사람

쌓였습니다
만듭시다
이렇게
크게
아직
작다
좀더
만들어졌습
니다

"눈이 많이 쌓였습니다. 눈사람을 만듭시다."
"벌써 이렇게 커졌습니다."
"아직 작으니까 좀 더 크게 합시다."
"이것으로 몸이 만들어졌습니다.

이번 만듭시다 크다 숯 검게 무서운듯한	이번에는 머리를 만듭시다." 　"머리도 만들어졌으니까 코와 입을 만듭시다." 　"달마 대사의 눈은 크니까 크게 합시다. 그리고 숯을 넣어 검게 합시다." 　"이것으로 눈도 만들어졌습니다. 무서운 듯한 눈이 아닙니까?"

연습

1. 어린이가 뭐라 하였습니까?

2. 다음 글을 읽으시오.

눈사람을 만드시오.
눈사람을 만듭시다.
눈사람을 만듭니다.
눈사람을 만들었습니다.

16. 강아지

금년
봄
태어났습니
다
이름
포치

이 개는 올 봄에 태어났습니다.
이름은 포치라 합니다.

따르고 있습
니다
저

사람을 잘 따르고 있습니다.
나는 포치에게 여러 가지 음식을 줍니다.

기뻐하여 먹습니다 마당 나오다 곧 놀러 가다 항상 따라 옵니다 또한 따라 오다	포치는 좋아하며 그것을 먹습니다. 　내가 마당에 나오면 금방 달려 옵니다. 　내가 놀러 가면 항상 따라 옵니다. 　또한 내가 학교에 갈 때에도 따라 오는 적이 있습니다. 　포치는 귀여운 개입니다.

연습

1. 다음 사항을 말하시오. 또한 글로 쓰시오.

   어린이는 포치를 어떻게 합니까?
   포치는 어떻게 합니까?

2. 한자로 haru(봄), watakushi(나), niwa(마당)를 쓰시
   오.

3. 강아지에 대하여 말해 보시오.

17. 형과 동생

친절히
듣습니다
길
놀고 있습니
다
멈춰서

이것은 형과 동생이 학교에 가는 장면입니다.

형은 동생을 친절히 해 줍니다. 동생은 형이 말하는 것을 잘 듣습니다.

길에서 개가 놀고 있습니다. 동생은 멈춰서 그것을 보고 있습니다.

빨리 서둘러서 마침 시간에 맞췄 습니다	형 "빨리 가자. 개를 보고 있으면 늦어진다." 동생 "네, 갑시다." 두 사람은 서둘러서 학교에 갔습니다. 그래서 마침 수업이 시작되는데 시간에 맞췄습 니다.

연습

1. 다음 사항을 말하시오. 또한 글로 쓰시오.

형은 동생을 어떻게 합니까?
동생은 형을 어떻게 합니까?
동생은 길에서 어떻게 했습니까?
형은 동생에게 뭐라 하였습니까?

2. 다음 글을 읽으시오.

아이가 개에게 음식을 줍니다.
형이 동생을 친절히 해 줍니다.
사람이 새에게 먹이를 줍니다.
아이가 장님의 손을 끌어 줍니다.

18. 신년

신년
신년
오늘
정월
설날
금줄
장식되어 있
습니다
기쁜듯이

새해가 되었습니다. 오늘은 정월 초하루입니다. 어느 집에나 금줄이 장식되어 있습니다. 참새는 기쁜 듯이 처마에서 지저귀고 있습니다.

나이 어제 여덟 살이었 지만 아홉 살 오늘 아침 일장기 문 세웠습니다 축하드립니 다	나는 나이가 한 살 늘었습니다. 어제는 여덟 살이었지만 오늘은 이제 아홉 살이 되었습니다. 　나는 오늘 아침 일찍 일어나 형과 둘이서 일장기를 대문에 세웠습니다. 　그리고 아버지에게 "축하드립니다."라고 인사를 하였습니다.

그리고 나서
오늘
식
가서
축하
말합시다
친구

　그리고 나서 어머니에게도 인사를 하였습니다.
형에게도 누나에게도 인사를 하였습니다.
　오늘은 학교에서 신년식이 있습니다. 일찍 가서
선생님께 축하인사를 드립시다. 친구에게도 축하인
사를 합시다.

연습

1. 다음 사항을 말하시오. 또한 글로 쓰시오.

   정월 초하루에는 어떤 일을 합니까?
   설날과 그 전날은 사람의 나이가 다릅니까?

2. 다음 글을 읽으시오.

   대문에는 금줄이 장식되어 있습니다.
   정월 초하루에는 축하합니다라고 인사를 합니다.

19. 일장기

하얗다
천
물들였다
멋있게

　일장기는 하얀 천에 태양을 빨갛게 물들인 것입니다.
　일장기는 마치 아침 해처럼 멋있게 보입니다.

축하 날 움직이다 힘찹니다	경축일에는 어느 집이나 이 깃발을 세웁니다. 일장기가 바람에 휘날려 펄럭펄럭 움직이는 것은 참으로 힘찹니다.

연습

1. 다음 사항을 말하시오. 그리고 그것을 글로 쓰시오.

   일장기는 어떤 것입니까?
   언제 일장기를 세웁니까?

2. 다음 글의 □ 안에 글자를 넣으시오.

   나뭇잎이 바람에 □□□서 날아옵니다.
   □ 천에 □은 태양이 물들여져 있습니다.

20. 천황폐하

천황폐하

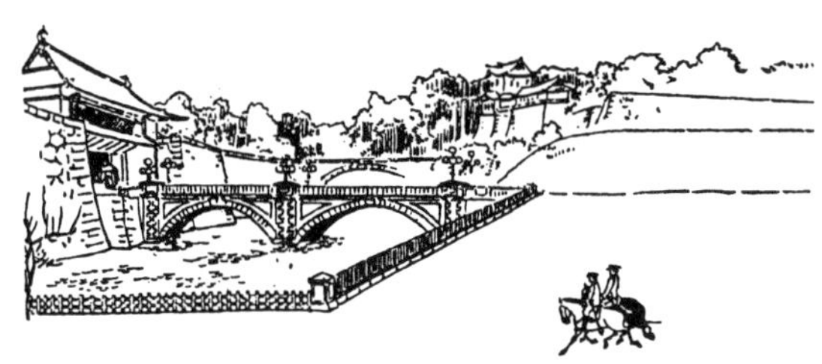

궁성
계십니다
도쿄
한가운데
부모
자식
귀여워하다
인민

천황폐하는 궁성에 계십니다.
궁성은 도쿄 한가운데에 있습니다.
천황폐하는 부모가 자식을 귀여워하듯이 인민을

귀여워해주 십니다 …들 은혜 감사히 생각합니다	사랑해 주십니다. 저희들은 천황폐하의 은혜를 감사히 생각합니다.

연습

1. 천황폐하는 어디에 계십니까?

2. 궁성은 어디에 있습니까?

3. 천황폐하의 은혜를 말하시오.

4. 다음 한자의 읽는 법을 쓰시오.

人(사람, hito)이 있습니다.
三人(세 명, sannin) 있습니다.
人民(인민, zinmin)

21. 어머니

여자아이
누워 있습니
다
감기 걸렸다
괴로운듯한
옆
약
먹이고 있다

여자아이가 누워 있습니다. 감기에 걸린 것이겠지요. 괴로운 듯한 얼굴을 하고 있습니다.

옆에 있는 것은 어머니로 지금 약을 먹이고 있는 중입니다.

어제저녁 시달렸습니 다 …때문에 자지못했습 니다 덕택 병 반드시 낫겠지요	어제저녁도 이 아이가 시달렸기 때문에 어머니는 잘 자지 못했습니다. 　어머니 덕택에 이 아이의 병은 반드시 낫겠지요.

연습

1. 다음 사항을 말하시오. 그리고 그것을 글로 쓰시오.

   여자아이는 어떻게 하고 있습니까?
   어머니는 어떻게 하고 있습니까?

2. 한자로 shinnen(신년), toukyou(도쿄), kyuuzyou(궁성)를 쓰시오.

3. 어머니의 은혜를 말하시오.

22. 달 세는 법

<table>
<tr>
<td>

세는 법
이 달
다음 달
순서대로
끝나면

</td>
<td>

이 달은 1월이고 다음 달은 2월입니다.
2월부터 3월 그리고 나서 순서대로 4월 5월 6월 7월 8월 9월 10월 11월 12월이 됩니다.
12월이 끝나면 다시 1월이 됩니다.

</td>
</tr>
</table>

12개월 지난 달 …까지 작년 금년 처음으로	1년은 정확히 12개월입니다. 지난 달까지는 작년이었지만 이 달부터는 금년입니다. 작년 4월에 저희들은 처음으로 학교에 들어갔습니다.

연습

말 내년	1. 1년의 달들을 세어 보시오. 2. 다음 말을 읽으시오. 先月(지난달, sengetsu) 今月(이달, kongetsu) 來月(다음달, raigetsu) 去年(작년, kyonen) 今年(금년, kotoshi) 來年(내년, rainen)

23. 얼음 위

얼음
얼었습니다
재미있을 것
같습니다

강에 얼음이 얼었습니다.

보세요. 얼음 위에는 아이들이 많이 놀고 있습니다.

재미있을 것 같습니다.

춥다
단단하게
얼어 있습니
다

지금은 대단히 추우니까 얼음이 단단하게 얼어 있습니다.

아무리 따뜻하게 되면 녹다 위험합니다	아무리 놀아도 위험한 일은 없습니다. 　그렇지만 조금 따뜻해지면 얼음 위에 가서는 안 됩니다. 얼음이 녹으면 위험합니다.

연습

1. 다음 사항을 말하시오. 그리고 그것을 글로 쓰시오.

   강이 어떻게 되었습니까?
   아이들은 어떻게 하고 있습니까?
   얼음 위에서 놀아도 되는 것은 언제 입니까?
   언제 얼음 위에 가서는 안 됩니까?

2. 다음 말의 □ 안에 한자를 넣으시오.

   samu□i (춥다)
   atata□kai (따뜻하다)
   aso□nde (놀고)
   i□tte (가서)

24. 돼지

돼지 굵고 다리 목 꼬리 짧고 가늡니다 짧다 곁눈질 돼지 못쓰게 되었 다 …라도 더럽다 좋아하다 짐승	 보세요, 여기에 돼지가 있습니다. 　몸은 굵고 다리랑 목이랑 꼬리는 짧고 눈은 작습니다. 　목이 짧으니까 곁눈질은 할 수 없습니다. 　돼지는 허드렛 것이라도 뭐든지 먹습니다. 그렇지만 더러운 것을 좋아하는 짐승은 아닙니다.

<table>
<tr><td>

우리
…등
해주다
고기
먹을 수 있
습니다
가죽
털
쓸모 있습니
다
키울 수 있
습니다
그러므로
키우다
이익

</td><td>

몸이랑 우리 같은 것은 깨끗하게 해 주는 것이 좋습니다.

  돼지고기는 먹을 수 있습니다. 또한 가죽이랑 털 같은 것도 여러 가지로 쓸모가 있습니다.

  돼지는 누구라도 키울 수 있습니다. 그리고 꽤 빨리 살찝니다. 그러므로 이것을 키우면 이익이 됩니다.

</td></tr>
</table>

연습

다음 사항을 말하시오. 또한 글로 쓰시오.

돼지의 몸은 어떻습니까?
돼지는 더러운 것을 좋아합니까?
돼지는 어떤 도움이 됩니까?

25. 수건

편리한 더러워지다 빨아서 닦다 옷 자락 닦아서는 안됩니다	수건은 편리한 물건입니다. 　손이랑 얼굴이 더러워지면 빨아서 이것으로 닦을 수가 있습니다. 　옷자락 같은 것으로 닦아서는 안 됩니다. 　학교 학생들은 누구나 수건을 갖고 있는 것이 좋습니다.

빌리다
옮다
…일지도
모르겠습니다
자신
자주
더러워지지
않다
해 두지 않으
면 안됩니다

다른 사람의 수건을 빌리는 것은 좋지 않습니다. 병이 옮을지도 모릅니다.

자신의 수건도 자주 빨아서 더러워지지 않도록 해 두지 않으면 안됩니다.

연습

다음 사항을 말하시오. 또한 글로 쓰시오.

수건은 어떤 쓸모가 있습니까?
다른 사람의 수건을 빌리는 것은 왜 나쁩니까?
수건은 항상 어떻게 해 두지 않으면 안 됩니까?

26. 새는 몇 마리?

숫자 산술 물었습니다	산술 시간에 선생님이 학생에게 물었습니다.  "여러분, 나뭇가지에 새가 다섯 마리 있었습니다. 그것을 사람이 총으로 한 마리 쐈습니다. 아직 몇 마리 남아 있습니까?"
새 다섯 마리 한 마리 몇 마리 남아 있습니 다	

대답하였습 니다 천천히 생각하여 웃으면서	한 학생은 곧 손을 들어 대답하였습니다. "네 마리 남아 있다고 생각합니다." 또 한 명의 학생은 천천히 생각하여 대답하였습니다. "한 마리도 없습니다." 선생님은 웃으시면서 말씀하셨습니다. "여러분! 어느 쪽이 맞을까요?"

연습

열 마리	1. 다음 사항을 말하시오. 또한 글로 쓰시오. 선생님은 뭐라 물었습니까? 학생은 뭐라 대답하였습니까? 2. 다음 단어를 읽으시오. 一羽(한 마리, ichiwa) 二羽(두 마리, niwa) 三羽(세 마리, sanba) 四羽(네 마리, yonwa) 五羽(다섯 마리, gowa) 六羽(여섯 마리, rokuwa) 七羽(일곱 마리, nanawa) 八羽(여덟 마리, hachiwa) 九羽(아홉 마리, kyuuwa) 十羽(열 마리, zippa) 十一羽(열 한 마리, zyuuichiwa) 3. 이 이야기를 해보시오.

27. 연

연
…들
높이
올라갔습니다
바람
꽤
세다
실
당기거나
풀거나

어린이들이 연을 날리고 있습니다.
연은 하늘로 높이 올라갔습니다.
위쪽은 바람이 꽤 센 것 같습니다.
어린이들이 연 실을 당기기도 하도 풀기도 합니다. 연이 점점 높이 올라갑니다.

기뻐서
노래
노 래부르고
있습니다
올라가라
받아서
구름
하늘
어렵쇼
내려가다

모두가 기뻐서 노래를 부르고 있습니다.

연아 연아 올라가라.
바람 잘 받아서
구름까지 올라가라.
하늘까지 올라가라.
저런! 저런! 내려가네.

당겨라
올라가다
풀지 마

당겨라 당겨 실을.
아! 아! 올라간다.
풀지 마라 실을.

연습

1. 연은 왜 높이 올라갑니까?

2. 연 노래를 외워서 말해 보시오.

28. 그림책

그림책
야마다
가와카미
요전
받았습니다
보여줘야지
예쁜

야마다가 가와카미 집에 놀러 왔습니다.

가와카미 "나는 요전 아버지로부터 그림책을 받았어요. 너에게 보여줄께."

야마다 "이것은 매우 예쁜 그림책이구나.

아아 모모타로 이야기 써져 있습니 다 읽어보세요 빌려가서	아아 모모타로 이야기 써져있군.” 　가와카미 “빌려줄테니 집에 가지고 가서 읽어 보렴.” 　야마다는 그것을 빌려가서 읽었습니다.

연습

1. 야마다와 가와카미가 말한 내용을 말해 보시오.

2. 다음 말의 □ 안에 한자를 넣으시오.

    tsura□i (괴롭다)
    tsuyo□i (세다)
    to□i (물음)
    kota□e (대답)

29. 모모타로 [1]

옛날
어느
할아버지
할머니
빨래
복숭아
떠내려 왔습
니다
가지고 돌아
왔습니다

옛날 어느 곳에 할아버지와 할머니가 있었습니다.

어느 날 할머니가 강에서 빨래를 하고 있자 커다란 복숭아가 하나 떠내려 왔습니다.

할머니는 그것을 주워 집에 가지고 돌아 왔습니다.

먹어야지
생각하여
쪼개다
남자아이
모모타로
소중히
키웠습니다
부쩍부쩍
되어서
힘
세게

그리고 할아버지하고 둘이서 먹으려고 생각하여 그 복숭아를 둘로 쪼개자 안에서 귀여운 사내아이가 나왔습니다. 두 사람은 매우 기뻐서 이름을 모모타로라고 지었습니다. 그리고 소중히 키웠습니다.

모모타로는 부쩍부쩍 커 져 힘도 매우 세졌습니다.

연습

다음 내용을 말하시오. 또 글로 쓰시오.

할머니는 어떻게 하여 복숭아를 발견했습니까?
할머니는 그 복숭아를 어떻게 하였습니까?
모모타로는 어떻게 되었습니까?

30. 모모타로 (2)

때 섬 도깨비 잡아 갔습니 다 부탁하였습 니다 도깨비섬 도깨비 정벌 가고 싶습니 다 부디 보내 주십시 오	그 때 어느 섬에 나쁜 도깨비가 있어서 자주 사람을 잡아 갔습니다. 모모타로는 할아버지와 할머니에게 부탁하였습니다. "저는 도깨비섬에 도깨비를 정벌하러 가고 싶습니다. 부디 보내 주십시오."

승낙하였습
니다
맛있다
수수경단

　할아버지도 할머니도 흔쾌히 승낙하였습니다. 그리고 할머니는 맛있는 수수경단을 만들어주었습니다.

　모모타로는 그 수수경단을 가지고 도깨비를

나섰습니다 원숭이 꿩 동행	정벌하러 갔습니다. 그 길에서 개랑 원숭이랑 꿩에게도 그것을 나눠 주었더니 모두 기뻐하며 함께 갔습니다.

연습

다음 내용을 말하시오. 또 글로 쓰시오.

모모타로는 왜 도깨비섬에 갔습니까?
누가 모모타로와 동행하여 갔습니까?

31. 모모타로 (3)

도착하다 닫아 맨 먼저 밖 안 날아들어갔 습니다 싸움 시작하였습 니다	모모타로가 도깨비섬에 도착하자 도깨비들은 문을 닫아 들어갈 수 없었습니다. 　그 때 꿩은 맨 먼저 밖에서 안으로 날아들어갔습니다. 그리하여 도깨비들과 싸움을 시작하였습니다.

<table>
<tr><td>

그러는 사이
에
타 넘어가서
데리고
쳐들어갔습
니다
무서워서
보물
남김없이
내놓고
항복하였습
니다

</td><td>

그러는 사이에 원숭이는 벽을 타 넘어가서 안에서 문을 열었습니다. 모모타로는 개를 데리고 쳐들어 갔습니다.

　도깨비들은 무서워서 보물을 남김없이 내놓고 항복하였습니다.

</td></tr>
</table>

<table>
<tr><td>

싣고
천자님
드렸습니다
상
주셨습니다
기뻐하였습
니다
축하하다

</td><td>

모모타로는 그것을 수레에 싣고 개랑 원숭이랑 꿩에게 끌게 하여 돌아왔습니다.

그리고 그 보물들을 남김없이 천자님께 바쳤습니다.

천자님은 모모타로에게 상을 주셨습니다.

할아버지도 할머니도 매우 기뻐하셨습니다.

잘했다! 잘했어!

</td></tr>
</table>

연습

1. 다음 내용을 말하시오. 또 글로 쓰시오.

   모모타로가 도깨비섬에 도착하자 도깨비들은 어떻게 했습니까?
   모모타로는 어떻게 하여 쳐들어갔습니까?
   도깨비들은 어떻게 하였습니까?
   모모타로는 그 보물을 어떻게 하였습니까?

2. 모모타로 이야기를 해 보시오.

초등학교 일본어독본 권2(1학년 2학기용) 끝

부 록

1. 내려왔습니다, 동쪽, 떠오르다, 기분
2. 학교, 학생, 지금, 선생님
3. 나눠
4. 달, 보입니다
5. 입
6. 갸름하다, 노란, 땅
7. 차(茶), 부어, 가지고
8. 무엇, 형, 남동생
9. 사방, 산, 양손, 앞, 뒤, 서쪽, 오른쪽, 남쪽, 왼쪽, 북쪽
10. 지팡이, 다리(橋), 세 사람, 한 사람, 어린이
11. 나와서, 왔다, 때, 정오, 오전, 뒤, 오후, 12시간, 몇 시
12. 집, 차(車), 말, 짐수레, 끌게하여 가다, 쌀가게
13. 복동, 두 사람
14. 겨울, 매일, 논, 밭, 새하얗게, 가지, 눈, 기특한
15. 만듭시다, 숯, 검게
16. 봄, 태어났습니다, 이름, 저, 마당, 또한, 따라 오다
17. 친절히, 길, 놀고, 멈춰서, 빨리, 서둘러서
18. 신년, 정월, 설날, 나이, 여덟, 아홉, 문, 세웠습니다, 오늘, 친구
19. 경축일
20. 궁성, 도쿄, 부모, 인민, 은혜, 생각합니다
21. 여자아이, 시달렸습니다
22. 이 달, 다음 달, 12개월, 작년, 금년, 처음으로
23. 춥다, 따뜻하게

24. 굵고, 다리(足), 꼬리, 짧고, 가늘다, 돼지, 고기, 가죽, 털

25. 빨아서, 옷, 모르겠습니다, 자신

26. 물었습니다, 새, 한 마리, 몇 마리, 대답하였습니다, 웃음, 열 마리

27. 높이, 바람, 세다, 실, 기뻐서, 노래, 구름, 하늘

28. 야마다, 가와카미, 이야기, 써서, 읽어

29. 복숭아, 떠내려, 사내아이, 모모타로, 힘

30. 섬, 원숭이, 꿩, 동행

31. 밖, 안, 무서워서, 내놓고, 천자님

다이쇼 2년(1913) 1월 13일 인쇄
다이쇼 2년(1913) 1월 15일 발행　　　　　정가 금6전
다이쇼 4년(1915) 12월 25일 6판

조선총독부

총무국인쇄소인쇄

大正二年一月十三日印刷
大正二年一月十五日發行
大正四年十二月二十五日六版

定價金六錢

朝鮮總督府

總務局印刷所印刷

역자소개

김순전 金順槇
소속 ： 전남대 일문과 교수, 일본근현대문학 전공
대표업적 ： ① 저서 ：『韓日 近代小說의 比較文學的 研究』, 태학사, 1998년 10월
　　　　　　② 저서 ：『제국의 식민지수신』-조선총독부 편찬 <修身書>연구-
　　　　　　　　　　　제이앤씨, 2007년 12월
　　　　　　③ 저서 ：『일본의 사회와 문화』--제이앤씨, 2006년 9월

박장경 朴長庚
소속 ： 전주대 일본언어문화전공 교수, 일본어학 전공
대표업적 ： ① 논문 ：「日本語의 連体修飾構文에 있어서『卜ノ』에 對한 考察」,
　　　　　　　　　　『日本學報』第53輯, 韓國日本學會, 2002년 12월
　　　　　　② 저서 ：『日本語의 連体修飾構文에 關한 研究』, 제이앤씨, 2005년 8월
　　　　　　③ 역서 ：『日本語의 構文과 意味 Ⅰ』, 法文社, 1988년 10월(공역)

김현석 金鉉煬
소속 ： 광주대 일본어학과 교수, 일본고대문학 전공
대표업적 ： ① 논문 ：「三國史記와 日本書紀의 천변지이 기사의 비교 고찰」,
　　　　　　　　　　『일본어문학』 11집, 한국일본어문학회, 2001년 9월
　　　　　　② 논문 ：「記紀神話에 나타난 재앙신과 제사」,『일본어문학』 13집,
　　　　　　　　　　한국일본어문학회, 2002년 6월
　　　　　　③ 역서 ：『일본대표단편선 1~3권』, 고려원, 1996년 9월(공역)

정승운 鄭勝云
소속 ： 전남대 일문과 조교수, 일본근현대시 전공
대표업적 ： ① 저서 ：『中野重治と朝鮮』, 新幹社, 2002년 11월
　　　　　　② 역서 ：『일본현대시 감상』, 보고사, 2003년 05월
　　　　　　③ 역서 ：『일본대중문화의 원상』, 제이앤씨, 2004년 04월

조선총독부 제Ⅰ기 『초등학교 일본어독본』 1

초판인쇄　2009년 4월 24일
초판발행　2009년 5월　8일

역자　김순전 · 박장경 · 김현석 · 정승운
발행　제이앤씨
등록　제7-220호

주소　서울시 도봉구 창동 624-1 현대홈시티 102-1206
전화　(02) 992-3253
팩스　(02) 991-1285
전자우편　jncbook@hanmail.net
홈페이지　http://www.jncbook.co.kr

책임편집　김연수

ISBN 978-89-5668-711-7 93830
ISBN 978-89-5668-710-0 (전4권)

정가 18,000원